# 细若游丝的传统

丁宗皓 著

海豚出版社

**图书在版编目（CIP）数据**

细若游丝的传统 / 丁宗皓著. -- 北京：海豚出版社，2015.10
ISBN 978-7-5110-2765-8

Ⅰ.①细… Ⅱ.①丁… Ⅲ.①中国文学－当代文学－文学评论
Ⅳ.①I206.7

中国版本图书馆CIP数据核字(2015)第238872号

总发行人：俞晓群
责任编辑：李忠孝　张　镛
美术编辑：吴光前
责任印制：于浩杰

出　　版：海豚出版社
网　　址：http://www.dolphin-books.com.cn
地　　址：北京市西城区百万庄大街24号
邮　　编：100037
电　　话：010-68997480（销售）　010-68998879（总编室）
印　　刷：北京天宇万达印刷有限公司
经　　销：全国新华书店及各大网络书店
开　　本：32 开（889毫米×1194毫米）
印　　张：10.75
字　　数：143千
印　　数：1—3000
版　　次：2015 年11月第 1 版，2015 年11月第 1 次印刷
标准书号：ISBN 978-7-5110-2765-8
定　　价：52.00元

# 序

俞晓群

在二〇〇六年深冬，我第一次见到丁宗皓。他送给我一本散文集《阳光照耀七奶》，通篇文章都让我喜爱，尤其是《农民》一文写得真好，其中有一段写道：“当农民奔向城市时，城市正在怀乡病里挣扎，我们的文学与艺术惨淡地活在烂熟的农业文明的回忆里。在怀乡病里，农民不再是怀有无法排解的痛苦的农民，他们要么被嘲讽要么被美化，而这一切，完全是为了充塞怀乡病下无从皈依的灵魂，这如同为一个不知出身的孩子寻找童年的踪迹。”我惊异，千千万万个农村孩子离开家乡，闯荡天下，历经人间遭逢，留下种种感慨；宗皓是其中一员，但他这一叹，是那样的与众不同，笔触所至，直击世间众生的灵魂，使我屡次拍案：流年岁月，何以使我在如此之晚，才得以结识宗皓呢？

是啊！我们曾经在同一所大学中读过书，后

来我们又曾经在同一座城市生活二十多年。我们做着类同的工作，我出版图书，他编辑报纸，相互交集的事情，实在太多了。但人生的经历，经常是那样奇奇怪怪，相见的机缘未到，一切都形同陌路；一旦时机成熟，蓦然天降甘露，地涌醴泉，那一杯桃园浊酒饮罢，那一首伯牙乐章弹毕，彼此相同的心境，自然会叠加在一起。

我首次与宗皓见面，翻看我的日记，其中只记下“相谈甚欢”四个字；但我至今记得，当时的内心感受，仿若隔世重逢的体验。此后宗皓经常来我的办公室，来时总会带上几本书，约我为辽宁日报“开卷”专栏写评论文章。这一写就是三年，那是我写作生涯最重要的阶段，也是我一生中写得最长、最累、最有收获的一组专栏文章。它增强了我的自信心，也使我学会许多好的方法。回想起来，有那样的状态，实在要感谢每次我与宗皓见面，彼此轻轻松松的交流，对于一些问题的看法，即使意见不同，他也不会冲撞，静静地听我慷慨陈词，还希望我能在文章中表达出来。就这样，我们彼此推心置腹，碰撞出许多心灵的火花，最终也成为一生的挚友。

再深一层思考，朋友交到这份上，基础是什么呢？一般认为，相同是最重要的；其实许多时候，不同才是结缘的基础。那么我与宗皓有哪些不同之处呢？我想到三点：他安静，我躁动；他重情，我重义；他诗性，我理性。此处所言，第一点说的是性格，它与生俱在，不可改变；第二点说的是态度，它有后天的塑造，也有人生理想的引导；第三点说的是文学表现，宗皓充满激情，我却拘谨有余，才气不足。总之朋友之间，相互倾慕的因素多多，对宗皓而言，我有三点评价，是发自内心的认识。

首先就气质而言，宗皓是一位充满激情的诗人。他出身中文系，在大学时，他是北极星诗社的社长。他的诗，有哲理，有真性情，有赤子之心。他的长诗《吾儿》写道：

在睡梦中长大的儿
是一列样子奇妙的火车
停在我家时
经过了许多不知名字的车站

婴孩深谙一切

他知道父母和儿子的事情已经发生

如果上天给他语言
他将讲述神秘的里程
而当上天给他语言时
他已忘记来路上的一切

上天关闭婴孩记忆大门
让他无法知道在成为吾儿之前
是否曾有另外一双手
抚摩过他的后背

我喜欢这样的诗句，通篇清心自在，不见修饰。有时我甚至担心，这个时代会污染诗人高洁的灵魂。当然我的想法一定是多余的，因为宗皓始终是一个意志坚定的人，即使近些年他不大发表诗作了，但是在他的散文、随笔中，你依然可以看到他对于诗人情怀的不懈追求。比如一九九七年，宗皓出版《阳光照耀七奶》，他在后记中写道："现在，仍是我心灵的黑暗时期，这种黑暗已经在我的体内持续了很多年。我并不怕面对这些，因为，对我这样的生命来说，真实才是最重要的。"直到二〇一〇年，宗皓出版《乡邦札记》，他依然写道：

“最为悲伤的时候，在屋檐下久坐，或者是大口喝酒。还有在黑暗里，用一些妙曼的回忆来冲淡锐利的痛。”在时光的流动中，从情怀到诗性，宗皓的文章都没有一丝改变。在这一层意思上，他生而铸就的诗人气质，我们可能一生也达不到。

其次就本质而言，宗皓是一位诗化的哲人。他写诗，写散文，写专访，也写政论文章，文体不同，但文字风格一以贯之，开门见山，立意清晰，落笔万言，条分缕析，丝丝相扣。但是在许多时候，诗人的固执，始终占据着宗皓思想的巅峰。比如他写长文《在碎片上》，写好后发给我看，其文字风格宛如滔滔江水，在我眼前汩汩涌过，令我目不暇接。他写道：

> 本文写作的动机，不是出自思想获得，而是出自茫然，关于诗歌的茫然。有人在现代化语境中从诗歌的大树上获得了果实，而我看见了，拿在他手中貌似果实的东西，仅仅是这个秋天的落叶。诗歌是中国文学传统中最为重要的样式，它辉煌的历史自不待言。所以，我们从来都没有怀疑过，诗歌的写作，是人最为伟大的精神活动之一，是人对于真

理的接近方式之一，是和哲学思考具有相当意义的精神活动。即使在现代，我们至少可以认为，诗歌写作是个人极富勇气的精神探险方式，是诗人对于生命存在的表达。再退一步讲，即使在今天，我仍然认为诗歌写作，是最少功利色彩的精神活动。

我喜欢宗皓的叙事风格，说理与诗意互通，激情与哲思并进。有这样的本事，一方面源于他多文体的写作训练，另一方面我们还应该看到，文字是一个人的思想模板，高超的思维需要天赋，高超的思维描述同样需要天赋。我想，一篇挥手而就的“诗论”，与其说它源于勤奋，更应该承认一种自身认知能力的超常存在。

其三就风格而言，宗皓是一位幽默的好人。说他是“好人”，是因为他的文章之中，充满了对于众生的爱意；再附以他与生俱在的幽默感，即使他在描写悲伤、痛苦、窘迫、老迈甚至死亡的时候，我们依然可以在他的笔下，读到人生的关爱、乐观与智慧。就说宗皓的那位“七奶”吧，在《阳光照耀七奶》中，我们就为七奶的故事而感动。后来宗皓在《乡邦札记》中，继续为我们讲述七奶的故事：七奶老了，一次次“死去”，一次次在阳光的照耀下“苏缓过来”。那一次七奶几天不吃饭，真的要死了。五叔按照乡里的习俗，把她放到一块床板上，摆放在厅堂里，等待死亡降临。乡亲们纷纷来看她，她最多睁开眼睛，点点头。但是第二天太阳出来了，阳光照在七奶的身上，奇迹再次发生了：七奶翻身从床板上下来，走到水缸前，拿起水瓢，舀一瓢凉水，咚咚地喝起来，又转身去喂猪。从此如果有人说七奶要不行了，大家都会笑笑。宗皓说：“在这事儿上，七奶失信了。”就这样，宗皓的朋友都爱上了“七奶”，见面时总会问上一句：“七奶怎样了？”幽默，据说也是一种上天的赐予，你可以享受、模仿和追求，却很难达到“生而知之”的境界。但宗皓的幽默无处不在，它令你忘记忧伤，忘记压力，忘记痛苦，获得欢乐！

好话就说到这里，让我们的目光回到现实中。二〇〇九年下半年，我离开沈阳，去北京工作。宗皓离开辽宁日报，去政府做公务员，此行一路风生水起，我的心却悬了起来。可能是了解之担忧吧！以宗皓之性情，此番磨练，他的那一点纯真，那一点灵性，那一点诗意，那一点人文关怀，适应得了么？现在，他终于又回来了！轮回，这让我想起宗皓在一九九七年写的一段文字：

> 在黑暗中，我无法阻止永无休止的下坠。多年以前，我曾因此而写着诗，结果连心中最后一丝的光亮都失去了。我于是知道一个事实：许多不再追逐诗意的人们所放弃的不是文字本身，而是文字打开的那扇门后面的东西。那是一些这样的事物：对于一些人来说是地狱，而对于另一些人来说则是耀眼的光线，是天堂。

记得在那段日子里，我一直催促宗皓写诗，答应为他出版诗集。宗皓，你理解我当时的真意么？我想你应该是心知的。现在，宗皓回归了，他又回到自己喜爱的报社，可以编报了，可以写文章了，可以以文会友了，可以写诗了！

无论怎样，宗皓，接着写诗吧，我们更喜欢诗意的宗皓！

二〇一五年十月十八日病中搁笔

# 目　录

# 在碎片上

本文写作的动机，不是出自思想获得，而是出自茫然，关于诗歌的茫然。有人在现代化语境中从诗歌的大树上获得了果实，而我看见了，拿在他手中貌似果实的东西，仅仅是这个秋天的落叶。

诗歌是中国文学传统中最为重要的样式，它辉煌的历史自不待言。所以，我们从来都没有怀疑过，诗歌的写作，是人最为伟大的精神活动之一，是人对于真理的接近方式之一，是和哲学思考具有相当意义的精神活动。即使在现代，我们至少可以认为，诗歌写作是个人极富勇气的精神探险方式，是诗人对于生命存在的表达。再退一步讲，即使在今天，我仍然认为诗歌写作，是最少功利色彩的精神活动。

今天，也许只有在个人与诗歌之间，还残存着这样的余烬，但在更为复杂的关系层面上，诗歌的光泽已经一点点地褪尽。有一个老问题，永远是一个新问题——诗歌越来越无法读懂，即使是那些浅白如水的文字。这意味着写作者和读者之间的契约已经失效。但是，问题又似乎不那么简单，这种失效能够让我们联想到更多的联系，比如诗人和生活本身之间发生了什么？当代诗歌和传统之间发生了什么？外国诗歌的进入在怎样的层面上改变了诗歌生态？我们对诗歌现象的思考，甚至可以追溯到五四新文化运动，在革命风暴的下面，现代性如何从根本上改变了诗歌的走向？

这样，我们的提问，就不再是一个简单的文学问题，而是一个淹没在历史跨度中更复杂的文化问题。

十余年前，美国的汉学家斯蒂芬·欧文在中国出版了中国古典文学研究专著《追忆》，当时读起来颇感新奇。斯蒂芬·欧文把诗歌放在了中国文化与历史传统里考量，既归纳出了诗歌的“追忆”特征，又考量出了能够支持这种追忆特征长期存在的传统。以我的理解是，中国古典诗歌的独特性，是建立在传统的独特性之上，正如花与泥土的关系。而这个传统里，除了维系千余年的历史文化记忆以外，还有诗歌写作的一个建立在哲学基础上的定式，即人和自然之间的天人合一的关系，以及不断的对于天人合一状态的永恒追求。

现在通过网络，我们可以查到,《追忆》一书在三联有了新的版本，绿色封面，作者的名字叫宇文所安，其实他还是斯蒂芬·欧文。我感到十分奇怪的是，这本书似乎并没有引起足够的关注，大概是因为我们身在传统之中，并没有旁观者的好奇。

我们费一点时间，按照斯蒂芬·欧文的思路来解析一下杜牧的《赤壁》，以便能够获得诗歌以外的信息。“折戟沉沙铁未销， 自将磨洗认前朝。 东风不与周郎便， 铜雀春深锁二乔。” 这首诗的译文很是简单：折断的画戟沉没在泥沙中尚未销融，拾起磨洗一番，仍可隐约看见历史上的种种故事。倘若东风不来，周瑜怎么能借东风火烧曹操八十万水军而大获全胜呢?

杜牧写作这首诗的时间是会昌二年， 即842年，与赤壁之战相隔634年。在六百多年的时间跨度里，对于一个重大历史事件的描绘，无论是原文还是译文，都显得过于简单，对于一个不了解历史的人，和如斯蒂芬·欧文一般的异国人士来说，四句诗文，恰如痴人说梦。但杜牧似乎根本不担心这个问题，当然读者也不用替杜牧担心这个问题。这一点被斯蒂芬·欧文发现——杜牧的诗，在简约的叙述后，在读者那里引发了一场持续的追忆活动。东汉末年的混乱、曹操的霸气、刘备的窘迫、周瑜的倜傥，当然还有曹操的铜雀台以及大乔小乔的美丽。没有人把被追忆的部分当成诗歌的一部分，但分明又是诗歌的一部分。写作者和读者共同熟悉的记忆和传统，成就了读者对于历史的品味，对于历史偶然性和必然性的不断反刍。诗歌本身应该承担的深刻与进一步诠释的任务，交给了读者，这样古典诗歌才能够获得洗练、简约同时富有音乐感的形式。

在斯蒂芬·欧文的笔下，他发现了传统与共同记忆对于诗歌的重要价值，一个事物的两个侧面，一种不可或缺相互依附的关系。斯蒂芬·欧文当然还注意到了另外一种“追忆”的范式，即中国诗人和自然之间的特殊关系。

比如，不在中国文化传统之中，很难了解王维在以下的诗篇里写了什么内容。比如："独坐幽篁里，弹琴复长啸。深林人不知，明月来相照。"（《竹里馆》）"木末芙蓉花，山中发红萼。涧户寂无人，纷纷开且落。"（《辛夷坞》）对于今天的大多数诗人来说，王维的诗或许是残缺的诗，在没有开始的地方，创作已经结束。可是，在那里，还没有触及到当代诗歌中俯拾即是的"我"或者"我们"，叙事主体还没有来，一场筵席就结束了，似乎什么也没有写。但是，在中国哲学或者中国诗人的哲学里，一切都有了，诗人的主体情思已经和自然景物天衣无缝地结合在一起，"物"与"我"已经如此完美地融合。古典诗歌的最高体验，不单单是诗意的，更是哲学的。所以这种"追忆"里，诗人把读者引向的不单单是对历史传统的记忆，还有对天人合一——这一人回归自然路径的观察、体验。这样，诗歌已经抵达了最高境界。

五四新文化运动，在文学上给了我们一个

强烈印象，即：截至到那些新文化运动前驱者，以往的文学完全被封堵在一个与今天完全隔绝的历史空间里，历史不是一个通向过去的管道，而是一个已经被截断并且堵住入口的管道。这样，诗歌，不管五言还是七言，不管顺口溜还是打油诗，不管里面写的是不是原子弹和计算机，只要有古风味道，一律被称为旧体诗。新与旧，就这样在激烈的情绪下被划分而成了。

1915到1919，新文化革命大潮过后，新文化运动的主将胡适之对古典诗歌发生了浓厚兴趣，从1934年起，他要求自己每天选注一首古诗。近日，在书店里，购得中华书局出版的《胡适选注每天一首诗》。笔者注意到，胡适选注的诗歌，固然还是李白、杜甫、白居易、王安石、杨万里、苏轼等大家的作品，但有一个鲜明的特征，即：名家所写的白话诗，晓畅易懂的一类。无疑，这一点仍然承袭了新文化运动推广白话创作的初衷。

胡适选注的首篇是王梵志的诗《梵志翻着袜》："梵志翻着袜，人皆道是错。乍可刺你眼，不可隐我脚。”够白话，似乎也不用费心去译。经过胡适先生考证，王梵志为隋唐之际的诗人。在《白话文学史》中，他明确提出：“‘初唐这个时期是一个白话诗的时期’。王梵志即是唐代第一位影响深广的白话诗人。”

在本书里，胡适先生时时表露对于中国古典诗歌的喜爱，在文学上，这一点几乎使我们很难把他和一个新文化运动主将批判传统文化时决绝的形象联系在一起，以至于我几乎把他看成是和李白、白居易、袁宏道一样的人，只不过他在中国历史的一个特殊关口上，提倡白话文，提倡了贴近现实和民间而已，他只是一个历史中离我们最近的巨大波浪，而非横空出世的文化孙悟空。

胡适在民国六年一月二十五日夜，写下了一首《寒江》，“江上还飞雪，遥山雾未开。浮冰三千亩，载雪下江来。”和柳宗元的《江雪》比起来，似有些联系，只不过一个遗世独立，一个气象奔涌，生命冲荡，但古典诗意盎然。新文化运动的主将们，都是白话文的积极实践者，但何尝不是古典诗歌写作的圣手！胡适的古风，鲁迅的七言诗，陈独秀的旧体诗都给人们留下了深刻的印象。1904年，陈独秀先生写下了《哭何梅士》：“海上一为别，沧桑已万重。落花浮世劫，流水故人踪。星界微尘里，无声弹指中。棋卿今尚在，能否此心同。”读起来，其间何尝没有汉乐府的余韵。

今天的诗人以及诗歌评家们，从来没有怀疑过诗歌分为新体和旧体的合理性，这一点和文学革命的前驱者们没有什么不同，旧体诗所以被冠以“旧”字，是因为活的思想被戴上了形式的镣铐，旧体诗是束缚的，革命就是打开枷锁，就是挣脱束缚。论及新诗优于旧体诗所在，今天的评论家们仍然坚持这种认识，旧诗因为形式的原因，无法表达更精微、更细腻的事物与精神。我怀疑这个结论，当年在胡适的眼里，今天在我们的眼里，《梵志翻着袜》难道表达的不是一个精微、细腻的生活经验吗？还有，如果诗歌这一文体的存在，不是依靠想象，不是对生活本质的归纳和形象的抽离，那么就失去了文体的独立性。这一点，也不容怀疑。

在新与旧之间，似乎没有人注意到，汉语是一条奔腾的河流，文化根本的血脉联系难以人为地中断。在剧烈的文学革命潮流里，对于这种内在联系的认识，仍然有微弱的清醒声音。我们比较熟知的，这些年里，比如九叶诗人郑敏、台湾诗人余光中先生等，他们都注意到了新诗的写作，不是简单的汉诗传统的推倒重来。即使在上个世纪三四十年代，戴望舒、闻一多在新诗的写作中，还遗留着诸多的古典意蕴，除了自然空灵以外，甚至还留有音韵的强烈痕迹。或许在那时和今天的诸多对文学革命抱有激烈情绪的乐观主义者看来，这只是脱胎换骨的过程，传统的痕迹越深，换骨的过程越慢，如此而已。

无论新文化革命时，革命主将们带着怎样的中国古典文化的修养；不管白话文的推广是否延续同样渊源久远的另一个文学史传统；不管他们是否曾经期待，像唐诗后生成宋词一样，新文学革命会将汉语推向一个新的境界，开启新的诗歌时代；不管现代和当代诗人们在以后的写作中是否感受到了传统精神匮乏；是否感受到了某种无法去除的牵绊，这一切都不再重要。——在新文化运动之前即已存在的文化失败主义，一百多年来，从来没有失去过对于社会生活的影响力，诗歌的写作当然也是如此，在文化失败主义情绪中进行。

从新文化运动起，革命是文化的唯一主题，新文化对于旧文化的革命，还不是革命的主要内容，新文学运动、白话诗写作、革命诗歌、社会主义诗歌，在时间上使古典诗歌越来越远地被封存在历史里，如同竹子，新的一节或几节已经生长出来。最下面的一节已经逐渐被忽略。文化失败主义，为诗歌的革命增加了无穷的原动力，但后来的革命与新文化运动已经不同，似乎革命就是革命的目的本身。在上个世纪八十年代初，所谓的新诗潮——朦胧诗出现时，被朦胧诗所革命的对象，当然不是唐诗宋词元曲；当然也不单单是胡适、周作人、刘半农、戴望舒、徐志摩；当然也不单单是郭沫若。八十年代在大学课堂上，《女神》在作为新文学典范讲解时，即被新诗人们宣布为传统，奇异的景象由此产生，类似的作品一方面被供奉在殿堂之上，另一方面被当作废品。更为奇异的是，在宣布某些作品成为传统时，也无须考虑诗人在写作的时候，经历了怎样的时代精神洗礼，是否也有精神上的深刻投入。这种宣布即等同于宣布它所产生的那个时代的浅薄与无意义。

上个世纪八十年代初，一个新的历史性分水岭应时而生，在杂糅民歌气质的革命与社会主义诗歌之后，真正的新诗出现了，主要的特征为承接了五四传统，很简单，即让诗歌开始关注人本身，关注人性，关注“我”这个主题。笔者无意回顾并描述八十年代至今二十多年来的诗歌历程，只是想关注一个现实图景，即，文化失败主义在这二十年里，不断地为诗歌革命加速，和小说等其他门类一样，西化是革命的利器，是诗歌现代化的必由之路，即使在无路可走的时候，似乎也没有人回首传统。在这二十年间，大部分诗歌是西方哲学思想与文化思潮的复制品，诗人们认识生活的眼光和视角是西化的，他们的老师通常是里尔克当然不是李白，是艾略特当然不是艾青，因为艾青已经成为传统，被同志们革命过了，是金斯堡、卡夫卡、马尔克斯、博尔赫斯、海勒、普拉斯，等等。

在自我或者“我”与西方诗歌传统、特别是哲学观念之间，可以直接搭建一个精神通道，可以不通过中国生活经验就可以完成的交流，如此诗歌的写作，可以视为个人的精神游戏，这种抽象性与隐私性，是诗歌难以解读的诸多原因之一，当然今天，很多诗人的写作似乎不在乎读者。而在乎读者的诗人们，必须要依靠中国经验，在近十几年，在理性层面自言自语的写作以外，日常化的诗歌写作在今天已经成为主要的潮流。浅白、生活画面片断的截取，自嘲或反讽，现代或者后现代，等等，中国生活或中国式的个人现实生活图景开始以相对完整的方式呈现开来。诗歌似乎有意地放低自己高贵的身段，或者和小说一样，在商业的压力下，不得不用粗糙的语言讲述，力图让人忍受地听完一段故事，诗歌甚至也放弃了词语意义间的跳跃，放弃了音律等诗歌的基本品质。这些都被敏锐的评论家们注意到了。今年，在辽宁两位青年诗人作品讨论会上，徐敬亚就明确地指出了诗歌上述的特点，同时他认为，今天诗歌和评价诗歌的标准都发生了变化。在后来接受采访时，他还说：汶川地震诗歌创作，暴露了整个民族审美能力的下降。

在本文的前面，笔者谈起了斯蒂芬·欧文的《追忆》，以及追忆提供给我们的传统、记忆和文化范式对于诗歌创作的影响，按照这个分析方法，就可以解释今天诗歌现状的某些内在因素，同时，我要给出的结论是，按照斯蒂芬·欧文的解析思路，可以得出两个结论，一是中国当代诗歌在短时期内仍然无法摆脱说明文的范式，即：今天的诗歌从本质上来说，是散文。二是汉语诗歌不是单摆浮搁的文学形式，它受制于特有的文化价值体系，没有当代诗歌所依托的文化价值体系的影响力，就不会出现有影响力的诗歌。在文化价值更加碎片化的今天，不能不注意到这个问题。

共同拥有的历史意识和文化记忆，是一个民族文化延续的常态和前提，正是因为这一点，古典诗歌才获得了自己的形式感。如果杜牧不知道曹操是哪位，不知道赤壁之战是什么东西，不了解小乔是周瑜的妻子，他的《赤壁》会写成什么样子？四句话，二十八个字够用吗？因为《三国演义》这个大众层面的阅读，“铜雀台”和“大小乔”之间构成了“戏说”的成分，杜牧写作的风险不算大。那么杜甫的《江南逢李龟年》问题就多了。的确，“岐王宅里寻常见，崔九堂前几度闻。正是江南好风景，落花时节又逢君。”这里到底说了什么？不了解安史之乱，谁能够读懂杜甫诗中暗含的无尽沧桑。

文化失败主义从根本上宣布了文化记忆的无意义，文化意识所依托的历史记忆仅仅作为知识而存在，并被视为不可能向今天、当然更不能向未来给出价值，因此，历史意识本身也是无意义的。在丰富的历史面前，现代化恰恰给了我们这样的启示，革命就获得了充分的动机。忘记过去意味着背叛，但是，我们就是要背叛，并期待通过背叛获得新生，今天，我们处于对历史和文化记忆集体遗忘之中，如此畅快淋漓，仿佛期待已久的狂欢。过去的人们是生活在时间中，来路与去处清晰可见，今天的人们只是生活在空间中。尼采说过：历史感和摆脱历史的束缚的能力，是同等重要的。显然，今天，我们偏重了后者。

对历史文化记忆集体遗忘，是现代诗陷入窘境的根由。在诗歌写作过程里，从尽可能为人熟悉的题材入手， 寻找读者感到意外的出口，是一种定势。但是现在，在入口处就发生了陌生化问题，以至于诗人失去了直接拨云见日、寥寥几笔即勾画全貌的信心和能力，必要的背景交代、不可能的省略、无法实现的跳跃等等都成为了不可能摆脱的羁绊。今天的诗歌没有诗歌的韵味，诗歌不像诗歌，就是因为，每一首诗都必须像说明文一样试探着，必须清楚地向我们交代写作对象的前因后果，否则在读者的眼里，就成了梦呓。

这就可以解释另外一个现象，即：今天在种种诗歌刊物上，为什么口语诗成为主体的原因， 口语加上直接的生活经验， 成为诗意的形式，是唯一能够唤起读者经验的方式，也是诗人对于受众被迫的迁就——我们都在自己的生活碎片上，仅能沟通的媒介就是这点生活的经验。遗憾的是，看起来是生活的片断，但是没有哪个诗人敢把生活经验完整地写出来，因为，如果再描述下去，已经成为了散文的诗歌就会变成小说。没有共同的历史文化记忆，诗歌的写作，不可能成为纷纭事物中，对真理、生活本质的诗意的抽离、总结和生发。诗歌的写作，自然会变成背景材料的还原过程。如果诗歌是一把精致的椅子，现代诗则不仅让我们看了椅子，还让我们看了木料，看了制作椅子的工具，还有油漆。这就是今天诗歌的命运，无法躲避的命运——诗人蜕变成说明文的写手。

现代化对于诗意发现最为沉重的打击，在于制造了诗人写作中价值和意义系统的缺失，而历史意识和文化记忆恰恰是文化价值的载体。在文化失败主义者的视域里，中国传统文化还能够给人提供意义系统支持吗？答案当然是否定的。所以诗歌革命的一次次潮流，都是以西方文化价值为圭臬的对于传统文化的涤荡，包括对现实的批评。现代化所裹挟的所谓普适价值问题也无须再说，以今天而论，对于我们，现代化的目的就是获得物质的巨大满足，就是最大限度地满足感官享受，在某种意义上说，我们之所以热切地呼唤现代化，就是欲望走上人生的前台，获得了合理的地位，社会的飞速发展，也正千方百计地发现并开掘了人们的欲望，在欲望的合唱里，诗歌是否参与了？如果诗歌里，个性解放成为个人主义的代名词，那么诗歌是否参与了欲望的合唱？

人们总是习惯于把自己正在经历的生活看成是一种全新的生活，这样生活本身就获得了一种线性的特征，但欲望是新的现象吗？人世间所有的宗教信仰，都在为我们讲述人性和欲望的故事，都在告诉我们：超越物质的羁绊，人才可能获得真正的精神和心灵自由。而文学特别是诗歌，是获得人生超越性的重要手段。

“松下问童子，言师采药去。只在此山中，云深不知处。”（贾岛《寻隐者不遇》）“终日昏昏醉梦间，忽闻春尽强登山。因过竹院逢僧话，又得浮生半日闲。”（李涉《题鹤林寺僧舍》）

这样的诗歌在今天的诗人看来固然是简单

的，但是它真正简单吗？中国的伟大诗人们，在生存与人的欲望之间，早已找到了一种人生的哲学，以上的两首诗都是这种哲学的恰切表达。人的欲望是无穷的，如果将人的精神融入万物、融入山水，人则获得了人生有限的认识，将精神融入自然，则获得了自由和解放。在松树下面，看见了一个童子，问他的老师，也就是那位隐者哪里去了。童子回答说，就在这座山里，具体哪里说不清楚。我们一定要注意的是，整首诗里，没有"我"，所表达的仅仅人和自然的一种关系而已。而李涉的诗则更有意思，本来准备登山的，就是因为和僧人对了话，就不去了。显然这不是今天的人生哲学，但是那何尝不是可贵的人生哲学！中国古典诗歌，其伟大之处正在于，它超越了儒家文化在个体生命中的痛苦体验，表达了和的境界与社会道德承担，更在于超越了儒家的束缚，进入了对天人合一境界的追求与诗意表达、对道的无限接近。

显然，对于今天的诗人们来说，这过于古典，更过于虚幻。如果人性中的欲望合理的话，人就获得了权力。在一次次的革命里，中国的智慧早就被封闭在古代历史时空里，而欲望的盛宴上，人成为世界的真正主角。——笼罩在文化失败主义情绪中的人们，在现代化的过程中，割断了人精神和自然的最后脐带，自然，仅仅被视为物质对象，这意味着一种——天人分裂状态。

如果不能从自然中获得哲学，则不可能从自然中获得诗意，在今天诗人的歌吟中，自然已经失去了原初的意义，它只是风雪山水的载体，除此以外不再具有其他意义，所以，今天的诗人们，如此深刻地关注自身，即所谓关注灵魂的深度，不知道这究竟是一种进步，还是一种文化上的倒退？在越来越快的全球化进程里，曾经的共有价值认同体系，一点点丧失，今天的诗人们，不是站在一条大船的甲板上，而是站在各自的甲板碎片上，各自漂浮在各自的海域里，彼此能够看见，但彼此无法接近，谁都不能指望别人的帮助。从更广的意义上说，小说的宏大叙事的消隐，正是作家的心灵为碎片化的现实所击中，而大历史散文的出现，是一次无望的历史与现实关系的修补，在大众文化层面上，国学热则是现代化造就的孤寂心灵的旧梦重温。

现代化给了我们一个可贵的梦想，这个梦想就是，我们今天所经历的一切，就是为了真正地得到明天，明天生活才真正开始，所以，今天算不上是真正的今天，今天无意义，仅仅是一个过场而已，当然今天也不真实，并不值得表达， 当然更不值得热爱并投入生命的热情。如果你投入了，你就是可笑的。现代化什么时候能够兑现承诺，这没有人能回答出来，但是一个事实已经生成，今天的诗人们，对正在经历的生活，带有深刻的怀疑和不屑，带着必须承受和经历的无奈，带着冷嘲热讽，当然还带着对诗歌本身、对文学本身的巨大怀疑。

在这样的语境下，谁能对诗意抱有期待?

在不同价值碎片上的每一个诗人个体，都成了希望通过自言自语获得真理的人，他们并不像小说家那样，落笔之前先考虑读者层面、开机印数与版税，更多的时候，小说家们不惜牺牲汉语的精美与高贵，通过粗鄙与浅白，把带有性、离奇曲折性的故事讲给人听，只是为了更多的人来听而已，这种取悦方式沾满了市场经济的伦理色彩。诗人们早已不指望自言自语能被人听明白，不指望在文化碎片上的孤独被人理解，相反，他们乐于享受这种孤独。可是问题是，在文化价值多元化的情势下，不同碎片之间的个人体验也是不同的，所以，一个危险随之产生，读者已经看明白了诗歌的文字，无非是汉语的一种文字拼接和排列方式，但是仍然不明白诗人在写些什么，是的，他们究竟在写些什么？——从前的“读不懂”可能由文化素养和生活经验差异所致，但现在的“读不懂”的内涵已经没有这么简单。诗人们为了描述刹那间掠过灵府的诗意，也不得不充当说明文写手的角色，可是当下的诗歌中，他们所获得的诗意，仅仅是蹲在另一个文化碎片上的人所感受到的陌生而已。——这就是所谓的陌生化，就是今天诗人们津津乐道的诗意！从这里开始，诗歌已经具有行为艺术的特性。

而一旦无法获得文化价值层面的认同，诗人群体就不可能获得文化范式，当然无法获得诗歌的形式。——所以，我的结论是，通过持续的革命，离开了古典诗歌母体的中国现当代诗歌，并没有取得自己的成功，它仍然没有找到自己的形式，更没有参与当代文化的创造，充其量以说明文和散文的身份，记录了这个历史性的困惑，仅此而已。

诗歌是一种文化形式，它的存在，依靠着文化母体的滋养，但今天的诗人们，都是离开了泥土的安泰，这是他们的宿命。然而，有那么一种与现代化匹配的、离开文化母体的世界性的诗歌吗？有那么一种离开文化母体放之四海而皆美好的诗歌吗？如果有，那也是一种行为艺术，一种观念的闪现和表达，而不是智慧的发现，更不是沉思后的灵魂升华和复活。如果文化失败主义者承诺给我们的，不是诗意，而是一场钢管舞，如果文学真的发生了一次质变，只是为了满足一次感官享受，我们已经无话可说。

本文不是一篇严格的诗歌批评，只是描述诗歌在经历了百年的文化剧变过程中的命运，一百年，只是一瞬，可能是文学史略过不提的一瞬。同时诗歌的困境是文化的困境，一种命运而已。对于诗歌来讲，抗拒这种命运的方式难道是继续革命？这没有答案。可是我们还是禁不住地期待，让诗歌振翅重来，否则，这个完美的世界是多么地残缺！

原载《当代作家评论》2009年第1期

# 人格的界碑：北岛的位置

在没有英雄的时代里，他只想做一个人，而这时代却偏偏让他当英雄

北岛。

中国的评论家应该写写北岛了——应该重新地全面地且不含任何偏见地去认识并评价北岛这一代人了！新时期诗歌创作在风雨之中又步履维艰地走过了十个春秋，尤其是今日诗坛，已经形成了令人震撼的艺术的灵魂的格局：主体意识的觉醒，人性的解放，自我意识的增强，艺术个性的多样化及生命体验的广阔性。这宏大的艺术潮流呈多元化向前发展着，不管其未来如何，但有一点倾向是令人惊喜的，那就是我们的诗人正在努力使自己变成大写的人，他们的心灵一天比一天需要自由，一天比一天渴望灵魂有个永恒而优美的归宿，并且同时正在努力地进行这种痛苦的灵魂探险。正

是因为这种原因，我们才越来越感到北岛这一代人的意义，感到这一代人用自己的痛苦开辟了诗歌的新境界，也就是开辟了一个新时代，尤其是他们从封建蒙昧的宗教情感警醒而来的人格力量启蒙了一代诗人。尽管因为自尊心的缘故，好多后来者不承认这一点甚至提出要打倒北岛，这种决定是勇敢的，而行为却是幼稚的，我的意思是谁也无法阻断新时期诗歌发展过程中那种特殊的氛围。北岛曾说过："除了天空和大地，为生存证明的只有时间。"也许他过分悲观地估计了人们的观察力和人们主体意识觉醒的程度。而实际情况是，越来越多的有理性有良知的心灵越来越清醒地认识到他的价值，他的苦痛给诗造成的深远影响。

也许这不是北岛一个人的功绩，然而他却是这代人中最出色的诗人，最有个性最有典型意义的诗人。

历史在选择人的时候人也在选择历史，刻意成为英雄的人必须有战场，然后再有一个比自己坚强的对手，北岛的出现是必然的。恩格斯说过："当十八世纪的农民和手工场工人走上大工业的劳动行列之后，他们就改变了自己的整个生活方式，而完全成为另一种人。”这是个简单的结论，我们不可以用它来解释中国社会历史的变迁。

这是个封建意识浓厚得让人连气都喘不过来的却又妄自尊大的民族，从来都闭关锁国。鸦片战争敲碎了封建主义的梦境，半封建半殖民地社会的秩序就直接笼罩了这个民族的生活。二十世纪二十年代以马克思主义为指导思想的中国革命取得了重大的胜利，尽管灾难深重的中华民族获得了新生，但是这种社会生产方式的变革却也孕育了新的悲剧的种子。

不言自明，我们是带着浓厚的封建观念走进新的社会秩序。革命破坏的只是一个社会的结构，却没有彻底清除人们头脑中那些占统治地位的、由旧的生产方式带来的封建意识与原始的惰性，他们仍然是没有进入自觉意识阶段的人，他们的思想远远地落后于中国革命的历史进程，这种不协调性就蕴藏了一种深刻的内在危机。从普遍意义上，人们还没有来得及对马克思主义进行认真的思索就被它带来的空前胜利所征服，习惯了寻找偶像的人们便把这种学说与某个人联系起来塑成新的偶像来朝拜，这种新的个人崇拜是封建君位礼仪的重演，这种个人崇拜是以牺牲个人的自我价值与人性为基础的，这是一种现代宗教、一种现代枷锁。人们在寻找解放时，他们的人性，自觉的人性却被轻易地裹蔽了。

十年动乱，这种宗教迷狂像瘟疫一样侵入了政治文化经济等领域，它最初表现为局部的混乱，进而发展成全民族的迷狂。整个社会即将崩塌的时候，人们才从噩梦中醒来。我是谁？我在哪里？我该怎样？这些疑问深深地敲击这个世界，从怀疑开始，人们懂得了思考人生的意义与人的命运，人觉醒了。

一九七六年，中国历史的新开端，从这儿开始，文学这种艺术家探索灵魂出路的工具从内容到形式发生了根本性的变化。人的觉醒带来了文学的觉醒与自觉，而觉醒的文学又促进了人的觉醒。

人要为自己负责，也要为历史负责，为了生存，我必须强大，为了自由为找到自己找到出路，人就必须领受历史的孤独。北岛出现于此时，孤独于此时，他用自己独特的眼光构筑了一个新的世界，一个理性而人性的世界。

英雄是孤独的。在没成为英雄之前，他先把时代变成了自己的对手

伴随一声低低而痛切的呼喊，北岛出现了，他的灵魂里也就注满了这个时代的大喜大悲。背后是昨天，是疯狂的丧失理智而为历史嘲弄的昨天，是丧失人性而又愚昧的昨天，是被历史愚弄欺骗侮辱的昨天，而现在“我打碎了一道道定义／我砸碎一层层枷锁／心中只剩下一片触目的废墟／但是，我站起来了／站在广阔的地平线上／再没有人、没有任何手段／能把我重新推下去／”（舒婷），“这是一代人共同的心理。”我复归了，强烈的自我意识出现了，一种警觉笼罩了生命，正是在这个意义上，北岛开始起步，开始了不平坦的人生体验。

### 1. 愤怒的心情源于被欺骗被掠夺了生活的历史

承继了“五四”文学那种强悍的批判精神和力量，面对的是一种荒谬的社会秩序，从怀疑开始，北岛对十年的生活进行了彻底的否定。他越来越清楚地认识到了自己被扭曲的程度，一种自尊、一种空前的耻辱感就占有了诗人的灵魂。那么接着就是否定。

把《回答》这首震荡人心的作品放回到历史去考察，就会发现它概括了诗人这一阶段的特有的情绪。“卑鄙是卑鄙者的通行证／高尚是高尚者的墓志铭／看吧，在镀金的天空中／飘满了死者弯曲的倒影”，这就是诗人眼里的现实，它的异化已经多么严重，卑鄙在行动着，而高尚只是对死者的盖棺论定。这种情况下诗人自然会得出这样的结论：“告诉你吧，世界／我不相信／纵使你脚下有一千名挑战者／那就把我算作第一千零一名”，紧接着就是一种全面的怀疑：“我不相信天是蓝的／我不相信雷的回声／我不相信梦是假的／我不相信死无报应。”

无论如何，这首诗应在当代文学史上留下重重的一笔。

“我不相信”在这里被响亮地提了出来。诗人以幽愤而痛苦的笔调表达了对不正常的动荡的社会生活的遗憾，表现出一种强烈的不信任感与异己感。而更加细致地渲染这种情绪的是《一切》。“一切都是命运／一切都是烟云／一切都是没有结局的开始／一切都是稍纵即逝的追寻”，短短的十四行诗，诗人眼中浸满的却是铺天盖地的失望与悲哀。诗人对觉醒的人类有一种极大的信心，于是希望的越多，失望的也就越多，就难免产生这样沉痛的绝望：一切是那么虚妄而荒唐！北岛对生活的态度实在太认真了，在这一点上他超过任何一个诗人，几乎达到了残酷的程度，他绝不会轻易地相信什么，相信了，就会随时有被欺骗的可能。而他不同于别人的地方更在于他的思考从来不带有什么理想主义色彩，用一种虚妄的理想来安慰或欺骗自己是他绝对不能接受的。因此，他所面对的世界是更加使人恐惧的，他比别人走得更远的地方在于他面对现实，从不回避内心深处的绝望与痛苦，因此他成了最真实而严峻的风景。

有人指出：北岛诗中有一种强烈的悲观主义情绪。然而，这种悲观的背后却显示了诗人的坚强，显示了诗人对生活更高意义上的要求与执着的精神，正因为这样，诗人才歌唱正义批判黑暗，诅咒扭曲并扼杀人性的生活，要求人的尊严，要求自己的自由的权利。

“也许是最后的时刻到了／我没有留下遗嘱只留下了笔／给我的母亲／我不是英雄／在没有英雄的年代里／我只想做一个人。”还有：“我只能选择天空／决不跪在地上／以显出刽子手们的高大／好阻挡自由的风”，我把这首诗当成是这一代人的共同心境，看成一个特殊的时代中的人权宣言。多么令人痛心的渴望与要求，多么可怜的处境与呼声。不是诗人没有信心，也不是诗人精神脆弱，是黑暗掠夺了一个人只想做一个人的微小的权利。这种感情进一步地舒展就成了另一首诗《结局或开始》，更加深切地喊出了生活的声音，“我是人／我需要爱／我渴望在情人的眼睛里／度过每个宁静的黄昏／在摇篮的晃动中／等待着儿子第一声呼唤／……／这普普通通的愿望／如今成了做人的全部代价”，在这种愤怒的背后，蕴藏的是诗人一种坚强、一种斗士的形象，“决不跪在地上／以显出刽子手们的高大”到“我站在这儿／代替另一个被杀害的人！”诗人在追求正义，寻找着真理，在他眼中历史是公正的，只有历史能证明价值，我们是否可以这样说，这是北岛这一时期精神上的支点。

从人的觉醒意义上说，对自由人性的追求，对个性的寻找，北岛从这里开始走上了对社会批判的道路。他的孤独是空前的，而骚动不安是激烈的，但同时他又是理智的老成的。虽然对世界充满了不满和敌意，但他没走向彻底的悲观主义也没遁入犬儒主义，他的生活依然审慎得冷静得出奇，他属于思索，因此他与玩世不恭无缘。他深刻地认识到人与现实的关系，他的每一首诗都不是无的放矢，他的批判总能击中要害。愤怒而能节制，悲哀而不沉沦，坚强而不盲目，北岛展示了这一代人对命运对自身的思索，这种思索是成年人理性的思索。

这种精神源于一代人的使命感和英雄意识。

**2. 孤寂的心情的出现，仅仅因为醒来而无路可走或者到处都是路，不知哪儿有什么样的绿洲**

从愤怒中平静过来，诗人没有也不会变得多云转晴。当需要正视前方的时候，诗人必然陷入空前的困顿。

人觉醒了，醒来才发觉自己一贫如洗，没有任何财富，周围是触目的废墟，一种空茫一种惶惑沉重地压在诗人的心头。

醒是醒了，却不知路该怎么走，走是走了，却不知走向哪里。“走吧／落叶吹进深谷／歌声却没有归宿／……走吧／我们没有失去记忆／我们去寻找生命的湖”。北岛相信自己不会被压垮，反而从自己的伤口中站起来去寻找生命的真谛，然而整个诗却给人一种萧条感与凄楚感，这受伤的人捂着伤口的歌唱。但是，他感到了，本能地感到了有一种东西出现了，尽管这种东西是什么他依然弄不清楚，总之那是一种希望的微光，于是就有了这样的诗句："沿着鸽子的哨音／我寻找你／高高的森林挡住了天空／……在微微摇晃的侧影中／我找到了你／深不可测的眼睛"，这便是北岛诗朦胧的一个重要原因，也是一代朦胧诗人的作品指向性不明确的原因，因为他们的思想和许多意念有许多是可感而不可言的，他们的思想需要努力生活也许才能澄清，而这是需要时间的，然而北岛依然坚信有一种前景，于是他深切地告慰姑娘："在被黑暗碾碎的沙滩／当浪花从睫毛上退落时／后面的海水却茫茫无边／可我还要说／等着吧，姑娘／等待那只运载风的红帆船"。

当十年生活之后，人们都该走向正常的生活了，然而北岛却沿着觉醒的路更加严苛地走下去，积极地寻找自己的位置和人生的意义。《彗星》和《走向冬天》更加深刻地表现了这种企图。"我们绝不回去／装饰那些漆成绿色的叶子／'也'不在绿色的淫荡中堕落／随遇而安不去重复雷电的咒语"。这是一代人破釜沉舟的勇气和力量，这是对人格和自由的捍卫。然而所有这一切还属于一种展望或一种计划，这一切的背后埋藏的是诗人灵魂的巨大的孤寂。《习惯》是首爱情诗，渗透着灵魂孤独的低语，清冷中夹杂一丝哀伤和亲切。“她”在烫伤黑夜，而“我”依然不能彻底地欢乐。《雨夜》中展示的是对爱情的珍视，也充盈着孤寂感。从《走吧》到《迷途》再到《走向冬天》，写出的仅仅是清晰的决定，而基调依然是怀疑。应该走向哪里？我们的终极归宿是什么？实际诗人没有走进生活，心中装满的仅仅是一张蓝图。那么诗人最真实的是《日子》所展开的深刻的寂寞以及《和弦》所展开的空旷而茫然的感受，以至到最后诗人索性直接唱起了“他没有船票／又怎能登上甲板／铁锚的链条哗哗作响／也惊动这里的夜晚／……岁月没有从此中断／沉船正在生火待发”。然而最关键的一句话在于他反复说的：“他没有船票。”

那么，什么是“船票”？那无疑是一种人生动力人生哲学一种科学的方法论一种使人不再上当的信仰。然而，此时的北岛、此时的这一代人的警惕性已达到极致，一句“我不相信”就使怀疑持续了许久，使这种寂寞纠缠不休。

### 3. 焦灼的心情的出现，是因为他超越了十年生活的狭窄空间，重新地再一次地否定了外部世界否定了自己

北岛对人的领悟是极其深远的，因而敏感而又机智，这种敏感促使他时刻捍卫自由寻找自由。因此，如果说北岛从前的思想是停留在对十年生活的反思上，那么现在，他的后期不为大多数人注意的作品中展示的却是他对人类命运、现实、人生的宏观的思考；如果说北岛从前仅仅对十年生活及十年生活给人造成的心灵苦难产生怀疑进而批判，而对人类自身、对“我”还能坚信的话，那么现在，他对整个世界产生了摧毁性的怀疑之后，“我”这个最后可以驻足的陆地开始动摇。

不消说，诗人本能地感到了危机，感到了比十年的阴影还要严重的压力，那是一种生命本身的困惑，尽管这种困惑的基因来自那十年生活，然而，最重要的是我们不能仅从动机上判断诗，其实关键是看诗再现了一个什么样的结论。如果说他前两段的诗虽然冷峻、深沉具有强烈的反叛性，但是情绪仍然是完整而单纯

的，那么，在我将要提及的这些作品中，那些极不和谐的情绪却为人们提供了另一种思维空间。它表现为：形象及音乐性不协调，突兀跳动使人难以把握。形象跨度加大，情绪躁动而又不安，更强调直觉的意义，这是由诗人那种特殊的情绪造成的。

我们可以比较一下《一切》和《可疑之处》的差异，前者抒写的是因希望而获得的失望，后者抒写的是失望之后更深刻的绝望。如果说前者强调的是对外部环境以及人被扭曲的程度的绝望的话，那么后者也许是不再坚信任何东西了。“历史的浮光掠影／女人捉摸不定的笑容／……可疑的是小旅馆／红铁皮的屋顶／可疑的是门下／我们的双脚／可疑的是我们的爱情”。也许至此，北岛的焦虑真正开始了。

世界荒诞，这是焦灼的第一个感受。

“我曾正步地走过广场／剃光脑袋／是为了更好地寻找阳光……／一夜之间／我赌输了腰带，又赤条条地回到世上”。这也是十年生活的反思，但这里已不是单纯的愤怒，而更强烈地充盈着无可奈何的自嘲，充盈着无法把握历史的一种戏谑。而诗人曾经坚信过的价值观念似乎也已随着这种历史观的变化而变化。从前他呼唤的是人性而自由的生活，然而："很多年过去了／云母／在泥沙里闪着光芒／又邪恶、又明亮……或许只有墓地改变这里的荒凉／组成了市镇／自由不过是猎人与猎物之间的距离"，那么基于这种感情基础上的世界无疑是混乱的、纷杂的、丧失了统一感的，在北岛的许多作品中这种感觉是极其突出的："这杯中盛满了夜晚／没有灯光，房子在其中沉浮／……夏天过去了，红高粱／从一顶顶浮动的草帽上走来"，在这种沉浮静止的语调下面接上一句冷淡的"夜色多么温柔，谁／又能阻止两辆雾中对开的列车／在此刻相撞"。其他的东西诸如《峭壁上的窗户》、《陌生人》、《主人》、《雨中纪事》都在一定程度对荒诞这一主题在不同方面予以了痛切的揭示，现实与历史与人生的荒诞不仅导致了诗人情感重心的转移，也导致了诗人在荒谬的背景上寻找自己判断自己认识自己。

人的局限性的发现，是北岛焦灼的又一原因。

也许最初的怒怨是因为诗人认为自己是清白与无辜的，而在《履历》中，他没有把自己划在历史之外，而是把自己看成是历史的一部分，他觉得不仅是历史欺骗了他，实际上自己也是一个赌徒，在被历史玩弄的同时也在玩弄历史和自己，于是他说："我们不是无辜的／早已和镜中的历史成为同谋。"这绝不是悲观，而是一种更加残忍的清醒。而比《履历》再进一层，诗人直接说出了从前不愿承认的话："欲望的广场展开了／无字的历史／一个盲人摸索着走来／我的手在白纸上移动／没有留下什么／我在移动／我是那盲人"，从前的坚定与自信消失了，诗人感到了自己的有限和渺小，相对于现实他感到了自己的无能为力，尤其是对现实抱有的统一感丧失之后，这种认识就变得更加深切，那么诗人体验到的将是更加复杂多变的情绪世界。

首先是孤独，比绝望更可怕的孤独。"死去的英雄被遗忘／他们寂寞、他们在人海里穿行／……借助梯子／他们再也不能预言什么”。这种孤独是与世界分离的孤独，是局外人的孤独。

其次是冷漠与隔膜，而这更重要的是它产生于特殊时代的人际关系，这种冷漠感与孤独感具有东方特征。“许多种言语／在这世界上飞行／碰撞产生了火星／有时是仇恨／但是语言的产生／并不能增加或减轻人类沉默的痛苦”。更具有实感的体验是“楼房／把窗户开向四方／我们生活在其中”，更可怕的是：“孩子学会了与墙对话／这城市的历史被老人封存在心里”。还有《很多年》、《回声》也表现了这种倾向。

再次是空茫感、孤立感与不能自主的压抑感。《空白》提供的是人站在荒原上的感受，一切都是空白。甚至“失望”、“胜利”、“厌恶”、“时间”、“历史” 都是一片空白，还包括那种证明诗人人格的“背叛”，他说那也是空白。《青年诗人的肖像》则写出了诗人悲剧性落魄的生活，这时的诗人形象已不再是斗士和英雄，而是一个令人痛心的普通人。《寓言》

展示的是诗人对自身处境的认识，他被一种巨大的外部力量左右着控制着，生活往往是不能自主身不由己的。

意义最重大的却是那种危机感，它来自这一代人对使命与责任的清醒认识，来自他自负未来的救世意识。因此，在绝望中奋起的他首先体验到的是自身的危机。“雨打黄昏／那些不明国籍的鲨鱼／搁浅，战时的消息／依旧是新闻／你带着量杯走向海……／坐在喧嚣的中心／于是你聋了／你听见了呼救信号”，但是“屋顶上的帆没有升起／木纹展开了大海的形态”，而我们终于只能像“孩子们围坐在／环行山谷上／不知道下面是什么”！

《空间》是我们见到的北岛后期的作品。从《我不相信》到此，北岛的灵魂曲曲折折地经历了这样的历程：愤怒——觉醒之后，被欺骗引起的反抗情绪，表现为对十年生活的否定。寂寞——人醒了，却无路可走。焦灼——对外部世界与自我的全面否定，人生的焦急。这三个历程中，北岛写满了他灵魂的徘徊与前进的足迹，这是一个否定之否定的过程。

需要强调的是，北岛所经历的两个怀疑阶段。第一个阶段是对十年生活的怀疑，第二个阶段却是觉醒的具有强烈的独立意识的人对外部世界的怀疑，这种怀疑是二十世纪世界文学的一种主要基调，也是二十世纪哲学的一个主题，那就是人的问题人的生存状态的问题。我觉得北岛不是有的人说的那么狭隘，相反他从民族问题的思索转而走向对人类命运的关注，他的心胸日益开阔了，这就是为什么北岛的作品至今仍能唤醒更多灵魂的原因。

### 4. 他划开了两种生命境界，塑造了自己的人格与其相联系的感觉世界

这就是北岛在新时期的诗歌创作中向读者展示的主要情绪。从人到诗，也许这些就足够了，足以确立自己的特殊性，足以将当代文学从此断然划开，一个新的诗歌时代也因此宣布到来。这是一个全新的人格的出现，全新的品质的出现，仅仅因为这样，他和他这一代人开辟了一个新的天地且取得了界碑的意义。

## 5. 从子民意识到英雄意识，从奴性人格到独立人格

马克思在《手稿》中，指出了共产主义原理，指出了人类社会发展的规律，即：动物（非人）→人（原始的人）→非人（奴隶、封建社会）→假人（资本主义）→复归到人。我们可以补充说，人类发展过程不过是人的本质充分表现的过程，觉悟的过程，也是人性一天天发展丰富自由的过程。十年动乱后，中国开始的自主意识的觉醒是人的一丝希望的光芒，能不能说，这个民族开始从被动走向主动，从被束缚走向解放，人的独立成为时代最显著的特征。

北岛的价值恰恰在于，他用生命体验真实地抒写这段民族灵魂觉醒的历史。

孤独而忧郁激烈的北岛是觉醒的一员，他时刻呼唤一种正常人的符合人性的生活，他渴望自由，渴望得到普通人应该得到的尊重与幸福，渴望实现自我价值。他不再是一个没有独立思考能力的俯首听命的“子民”，他不再以别人为中心去考虑自己生存的意义，他活着不是作为奴隶而活着的，而是作为一个有独立性有

自尊心的人存在于世上，他们把世界的重心转移了，“我”成为一切的主宰，外部世界是我的参照物。他不盲从而善怀疑，他愿思考而不偏激。他是个英雄，具有独立人格的英雄，尽管时代与个人的局限使这种称号蒙上一层悲剧色彩。而且这种人格不是奴性的，而是平民英雄的。通过分析，我们可以清晰地观察出北岛的思想轨迹，从人道主义到存在主义经历了这个过程，他真实地再现这个社会的内部生活。北岛是真诚而苛刻的，他独立性极强，冷峻而又深沉，即使在后一时期，那么沉重的灵魂上的压力也没有使他躲进个人的小圈子，也没有躲进宗教里去，相反，在新的偶像塌掉后，他再寻找更新的思想基础来认识生活，他寻找的是人的真实的出路和归宿，这个地方必须是理性而正义的地方。说到底，他寻找一种人生哲学。因此，他的焦虑是一种哲学意义上的焦虑。

### 6. 从虚伪的群体到真实的个人，从共性的诗到个性的诗

如果一种人格不走向诗，不完全地通过固

定的诗歌形式再现出来，那么也是悲哀的。然而北岛与别的诗人不同，他真诚，因此他把人格与诗完美地结合在一起、统一在一起，使他的诗成为了一种个性的艺术。也就是人的自觉带来了诗的自觉，文如其人，诗如其人，诗歌第一次酣畅而坦荡地唱出了诗人的心灵之音。

而在这之前，政治的因素及诗人自身的因素导致了诗成为一种异化的产品。诗是诗人探索人类灵魂的工具，诗应该是独立的个性的。“诗是自由的使者，永远忠实地给人类以慰勉，在人类心里播撒对于自由的渴望与坚信的种子。”“一首诗是一个人格。”“愈是生活的，越是完美的，愈是人性的，越是美的。”“诗应该是民主精神的大胆迈进。” 这是一些早已被诗人提出并印证的真知灼见，这是诗人们很高的理想与愿望。

然而事实上，当代诗歌从一开始就走向了另一条路，那时是颂歌的时代，艺术成为政治的工具成为传声筒的时代，极端的功利主义掠夺了诗人正常的观照自心、观照生活的权利，甚至是迷惘的权利。 于是狂热的口号铺天盖地，诗人在中国失去了最后的王国。许多诗人有意无意地变得目光短浅势利，巨大的功利目的使他们只为眼前的利益鼓噪不已，趋炎附势，歌功颂德，于是说教诗出现了，虚伪的繁荣出现了。我不敢怀疑这些人的真诚，但这种真诚是否是人类主流的情感，是否是人的本质的再现，是否建立在人独立的思考之上，而今天再回头看去，我们所触目惊心的只是谎言和荒凉。

独立思考与独立人格消失，诗的个性及生命力就完全丧失了。诗人不敢也不会用自己的口吻去说话，也不再说自己的心里话，他们常常以群体的代言人的面目出现，共性淹没了个性，诗变得意外的单纯而明了，仿佛诗人灵魂的型号是一样的，感受是相同的，区别仅在于语言方式和地域性差异上。我们看不到诗人自己的面目，看不到诗人的本质。

而北岛喊出的却是属于自己的内心的声音，无论悲哀与否，它对于诗人自己是真实的是美的，那么对于与诗人在同一个社会中生活的有良知的人亦然。上述我们对诗的分析已经足够说明这一点了。我想提及的是，围绕“大我”与“小我”，文坛上曾好热闹地争论过一阵儿，习惯了虚伪地假大空地写诗的诗坛上有影响的人对北岛的写自我的诗大加指责与抨击，然而今天事实无数次证明了那种观念的陈旧与可怜，也证明了北岛诗这种开创的意义。

北岛的“自我”是他个人的体验，然而却是民族的，因为他灵魂的深处所拥有的东西不是他个人的。中国哲学首先考虑的是人与人的关系，现实人生问题占据哲学的中心。它所构筑的双重结构的异化现实，自觉的人在其中必然找不到出路，从而体验到强烈的忧患意识。北岛继承了中国优秀知识分子所必备的忧患意识，而他又恰恰处在特殊的历史阶段，一代青年的悲剧又使这种忧患意识渗透了强烈的悲剧感与失落感。

我们不再一一举例，总之在北岛的诗中随处可见充满痛苦的对人类命运与处境的思索，即使在平静的生活中，那种忧患仍然以忧郁、冷漠、怀疑、愤怒等方式互相交织着凝成了诗。这是充满忧患意识的诗人的灵魂的真切的声音，这是一种反抗意味十足的声音，说到底，是忧患感使北岛的诗充满了批判现实主义精神。

**7. 从单纯描摹到感觉世界的构筑，从附属到独立的艺术天国**

北岛的情绪属于瞬间。

与传统的现实主义表现方式相悖，在北岛诗中，没有时间与空间的流逝与前行，他截断了方向和时间，也舍弃了时空造成的某种因果关系。

“在被遗忘的土地上／岁月，和马轭上的铃铛纠缠／彻夜作响，路也在摇晃／重负下的喘息改编成歌曲／被人们到处传唱／女人的项链在咒语声中／应验似的升入空中／……”我们在这种诗中看不到在时间与空间上这些意象到底有什么联系，但是，这些繁复的意象却构成了饱满的艺术空间，又让你感到了时间的存在,而他获得的却是一个高度浓缩的情绪化的境界。这是一种瞬间的感应，瞬间存在于艺术当中，它包括主客观两个方面，它是自然与生活表现在刹那间给人的印象以及由此产生的感触与情绪，因此，情节被省略，环境被省略，只剩下一群单纯的意象，只是情感的流程。

而这种瞬间感受往往是诗人对生活的高度忠实，它可以充分地表现出人的复杂情感，折射社会复杂的内涵。这是北岛诗在艺术上的最大特征，也是北岛诗结构的主要方式与途径。为了表现这种瞬间情绪并与此相适应，在诗的形式上，北岛也做了一些相应的探索，隐喻、象征、电影蒙太奇这些手法交替使用，造成了意象的撞击和转换、大跨度的跳跃，开阔了诗的更广阔艺术空间。

在美学上，北岛显示出了直觉主义的美学特征。他对瞬间感受、潜意识的注意和表现上与克罗齐的思想有相似之处。而经过直觉建筑起来的艺术世界，有了独立的审美价值，这是对传统的表现方式的一个决定性的背叛。

北岛，作为第一代人已经过去了，更多的后来者继续着他的清醒的人生思考，打开了又一个天地。不管怎样，时间一天天地验证了他的价值、他的意义和地位，也许时间越长他就会越醒目，他作为一块界碑就会更为人们引为文学尤其是新时期诗歌的话题，这是明摆着的事情。

原载《当代作家评论》1988年第4期

# 回到现实　重新出发

## ——三十年诗歌评估的三个角度

诗歌最终的评估，也是最为权威的评估是依靠读者完成的，即选择、记忆并不断诵读。在这里，批评家能够做到的，仅仅是向读者推介，即廓清一篇作品的内涵，以及说明它和作者主体、时代之间的关系，仅此而已。这仅仅是作品的初选，也是评论家的能力堪堪能够抵达的地方。

改革开放三十年来的诗歌回顾，被置于经济振兴、社会进步、文化发展的成就背景之下，需要说明的是，精神产品和物质产品不同，量的积累并不是评价成就的第一要素，量固然也是考评的重要指标，但成就显然在于是否实现了文化进步，即人性和精神上的探索与深度，汉语诗歌形式的寻找与定型。

同时，还需要说明的是，与物质生产不同，诗歌写作建立在历史与文化的连续性上，从这个意义上说，三十年仍只是一个很小的时间跨度，我们的评估必须站在这个客观立场上。

但是，量是诗歌繁荣的基本标志，所以在我的发言里，对于量的描述排在第一位，量也包括与诗歌产品有关的文学群体及其活动。从批评家视角对三十年间重要诗人和诗作的定位则是本文重点所在，因为，这涉及我们遴选的依据与结果。当然我更关心诗歌的未来，因为三十年对于文学史来说，实在过于短暂，我们不知道今天的一切是否会被彻底地遗忘，今天的回顾与瞻望，是为三十年的诗歌寻找一个文化和精神的源流，一个参照系统。

最后，要说明的是，辽宁诗歌还有旧体诗写作的一脉，但今天的评论，将完全围绕新诗展开。

## 角度一
## 三十年诗歌——量的描述

三十年辽宁诗歌的整体风貌和中国诗歌一样，走过了一个大致的路径，从上个世纪七十年代末、整个八十年代的高热，到九十年代的一度消沉，再过渡到当下诗人写作的理性状态。从浅层上看，这三个阶段和思想启蒙即思想解放、商品经济冲击以及大众文化勃兴背景下的文学创作主体理性回归相对应。

八十年代初，辽宁诗歌迎来了第一个活跃期。辽宁文学期刊《当代诗歌》、《诗潮》、《鸭绿江》、《芒种》等在这一段以及以后的时间里，为辽宁诗歌发展提供了土壤和阵地，上述文学期刊，团结了几代诗人，形成了一个比较开放的环境，营造了多元和宽容的诗歌创作氛围。阿红、厉风、罗继仁、邓荫柯、林金水、于宗信、柳沄等诸公，在各自的阵地上，对诗歌写作和探索给与了持续的推动。

时间过去了二十多年，我仍然清晰地记得，阿红先生在他主编的《当代诗歌》杂志上，把当时全国诸多的诗歌流派介绍出来，尽管很多流派是短命的，甚至今天看起来是可笑的。他当然也了解八十年代探索诗对于中国来说并不新鲜，三四十年代的中国诗人们就开始很深的尝试，但是他仍然尊重探索精神，在当时的情境下，把这种重复性探索看成是当代诗歌成长必须逾越的阶段。

罗继仁先生与全国青年诗人群体有着持久的联系，他主编的刊物《诗潮》杂志，“青年与诗”是主打栏目，也是团结、凝聚全国青年诗人的重要纽带。《芒种》的林金水先生，以现代诗的审美标准来审视现代诗，在约稿过程里，时时流露着非凡的严谨，给人留下无法磨灭的印象。厉风、邓荫柯是春风文艺出版社的编辑，不仅是现代诗歌的鼓吹者，也是年轻诗人的扶持者，尤其对大学生诗歌创作，表现出了深刻的关注。至于年轻一代编辑柳沄等，既是诗人，也是编辑，他们身上有一种更大的包容性。等等，这一切都成为三十年辽宁诗歌得以成长的重要培育性因素。

三十年间的辽宁诗歌，呈现为一个丰富的生态。除了前文提及的几位编辑兼诗人的特殊身份以外，晓凡、刘镇、刘文玉、胡世宗、李松涛、李广泽、郎恩才等诗人，承继了七十年代延续而来的浪漫主义和现实主义传统，形成了三十年之初，乡土诗、工业诗、军旅诗并列的格局。

大学生诗歌是一个重要景观，并在80年代成为辽宁诗歌的生力军。辽宁大学生诗歌发展较早，和中国先锋诗坛有特殊渊源。1982年，辽宁师范学院中文系学生董学仁、刘兴雨等在文学社刊物《新叶》上发表了徐敬亚的毕业论文《崛起的诗群》，引起了各方面的关注。那时，他们与徐敬亚、王小妮、吕贵品等吉林大学诗歌社团成员有着密切联系。辽宁大学中文系学生阎月君、周宏坤、高岩等1982年就开始编辑《朦胧诗选》，并与舒婷、北岛、顾城有了交流。1994年，春风文艺出版社出版了《后朦胧诗选》，仍然由阎月君等主编，这可以看成是大学生诗歌视角的延续。

尽管发轫之初与中国最前沿的诗歌接触，但总体上，辽宁大学生诗歌体现为一种温和的现代主义。此后，任桂秋、李犁、苗强、巴音博罗、小山、王妍丁、王立春等人的进入，大学生诗歌没有改变温和的现代主义的整体风貌。

上个世纪90年代以来，尽管有更多大学生加入到诗人行列中来， 但已经改变大学生诗歌的英雄主义、理想主义的最初面貌，一代又一代诗人成长起来，诗歌的写作开始变得多元。整个90年代，可能是诗歌出版物最多的十年，辽宁文学奖以后，辽宁诗歌在整体上获得了检阅，使我们得以窥见整体面貌。这个群体之中，复合了多重的声音——以林雪为代表的向现代主义进一步接近，以李见心、李轻松、宋晓杰等为代表的私人化、个人化与女性化写作，以巴音博罗为代表的地域文化发掘与抒写。另外一种现象值得关注，即：以网络为平台的诗歌写作，从本质上来说，参与了大众的文化狂欢，这个变化导致了发端于80年代中期的口语诗成为诗歌写作的重要手段，并在大范围地流行。

30年间，诸多的诗人获得了全国性影响，其中一个评价方式，就是国家大奖的获得。李松涛以《拒绝末日》、林雪以《大地葵花》获得了鲁迅文学奖，王妍丁的《手挽手的温暖》列入二十一世纪文学之星丛书；李见心、哑地、王强等获得了广泛影响。当然还有诸多的诗人获得了地方性奖励。

诗歌是最为脆弱的文学形式，最先直面了上个世纪90年代的商品经济考验，但它也最先获得了新生。因为缺少功利性，所以诗人们也最先获得了纯粹的精神吟唱方式。当诗歌写作与物质生活压力脱节，诗歌就回到了心灵。值得注意的，还有辽西雷子——雷艳华这样的年轻诗人，她（他）们生活在乡下，过着绝对不富裕的生活，但是她（他）们上网，写博客，阅读李白、陶渊明的同时，也熟知萨特与普拉斯，有形而上学的愤怒和不安，而很少世俗层面的抱怨，这种方式证明了精神生活是能够独立存在的，诗歌的希望难道不在这里吗？

## 角度二

## 现代化的阵痛：小传统中四个主题交织

无疑，现代化也是评价三十年辽宁诗歌的一个重要参照系统，而阵痛二字无疑是理析三十年诗歌精神源流的一个入口。但现代化这个参照系统，不是诗歌的，而是文化的。把三十年诗歌放回到这个时间跨度里，文化则成为唯一的或者说最为恰切的视角。

1997年，本人和诗人余光中先生进行了一次《在传统与现代之间》的对话。在那次对话里，他谈到了“大小传统”的概念。他说大传统是《诗经》以来的整个中国诗歌传统，小传统则是五四以来的文学传统。大传统两千多年，小传统不足百年。诗歌的成长，正在于如何处理现代与传统之间的关系。这是新文化运动主将们面对的问题，也是我们今天诗歌写作面对的问题，余光中先生被认为是成功解决了这个问题的诗人。

余光中先生很幸运，他没有经历我们今天正在经历的文化断裂，所以我们需要解决的，不单单是诗歌音乐性、节奏、如何使用虚词等技术问题，而是精神层面、文化认同危机的问题。我们生活在一个被高度压缩的时间跨度里，正如余华所说，我们在四十年里遇上并经历了西方四百年的时间。在这个时间跨度里，西方学者研究现代文学时，所描述的传统与现代两元对立的关系丝毫没有得到缓解，冲突仍然是最为鲜明的表现方式，这种冲突在诗歌里，表现出了多重的复杂性。而这复杂性，在辽宁三十年的诗歌里，同样得到了全面呈现。

从整体倾向上，我把李松涛、华舒、王鸣久、柳沄、郑子连等诸君看成是一个现实主义创作群体。在八十年代看这个群体，也许会觉得他们不够前卫，因为他们对于现代先锋诗歌的写作始终保持着足够的警惕，这种警惕在三十年里，始终存在，以至于会被误认为他们本身即是传统的一部分。今天，在三十年里进行观察，自然会发现，他们的确始终置身于传统之中，但他们也是了解传统并坚守批评精神的一群，对现实的了解构成了现实主义写作的实际动机。在这个枝脉上，可以看到艾青、臧克家、郭小川、聂绀弩等诗人的精神影响，更能看到鲁迅似的清醒、力量与激情。

批判现实，特别是批判现实背后的文化传统，是李松涛等诗人的写作方向。李松涛给辽宁诗歌界留下了三部重要著作——长诗《无倦沧桑》《黄之河》《拒绝末日》，我认为，这是三部在短时间内都无法超越的作品，是辽宁诗歌值得书写的最重要一章。李松涛获奖作品是

《拒绝末日》，这部诗集实际上写了人性与欲望，当人性为欲望蒙蔽时，末日就不远了，这仍然是一个文化主题。

但究其实，他最具有价值的是长诗《无倦沧桑》。这部长诗里，他用当代体验诠释了梁山语境，得出的结论是，传统文化是一个顽强的语境，一直沿袭到了当代，传统文化是僵而不死的百足之虫，在自身复制过程中，人的命运也同样被复制。李松涛的现实主义所选择的，既不是昂立君侧的道统立场，当然也不是草根的泣血问天，而是独立的视角，关于我们在传统中的挣扎，关于在自己人生中，一眼可以看到结局的沮丧。《无倦沧桑》的美学意味，在于除了奇思妙想以外，包含了这样多重的人生况味。

诗人柳沄在这些年里出版了诗歌集《阴谋与墙》《柳沄诗选》《落日如锚》等。有评论说，柳沄是一个纯粹意义上的诗人。我的理解是，柳沄在关注现实的同时，更喜欢关注诗歌本身，所谓纯粹的意义在于，他将传统现实主义的精神与动机转换成精神背景，个人在写作中，使主题含蓄、蕴藉。和激情比起来，他更愿意信赖语言与形象。或许他认为，即使再伟大的诗人，首先是创造了形象或意象，只有意象和形象才是激情与理性的居住之所，所以他冷静与寓言式的写作，成为辽宁诗歌的特殊景象。

王鸣久的诗歌，激情四射，抵达了一个诗人应有的单纯。除了正直、率真的性格与写作惯性之外，王鸣久的写作根本上围绕了一个主题，即对英雄主义与理想主义的追怀，换句话说，是对理性时代的追怀。他的诗歌具有浪漫主义的外表，但本质上是现实层面精神家园失落的巨大反弹。诚如勒努维耶所说：“世界因缺乏对超验真理的信仰而备受折磨。”王鸣久的激情由此而生。《东方小孩》《最后的执灯者》等诗歌集，总体上表达的是对纯粹价值的坚守与呼唤。值得我们注意的是，传统与现代的关系在他这里已发生深刻的变化，他所呼唤的理性，不仅包括东方文化精神、道德要素，也包括外来文明因素，这意味着，他的关于传统内涵的理解，已经加入了更丰富的内容。

以上描述的是现实主义的主题。而与这个

主题相交织的，是现代诗歌写作。

辽宁诗歌温和的现代主义写作，主要发生在大学生群体之中，走出校园以后，现代主义精神得到了进一步的强化。八十年代的新启蒙，带给这些学生诗人的，是青春的冲动激情，切·格瓦拉那样的理想主义，他们反抗的目标，却没有格瓦拉那样明确，而是未及理析的传统文化。今天看来，这是无法避免的先天不足。他们集体地、本能地反抗传统，并不确切地知道传统是什么，只是知道应该越逃越远，出走、反抗及批判，这就是诗歌革命的真实面目——承继了朦胧诗的反叛精神，对传统表达出整体叛逆——这就是诗歌革命的姿态。

本人此前写就的《在碎片上》一文，对新诗进行了一次整体评估。在那篇文章里，我使用了“革命者”一词。为了避免不必要的误会，本人做如下解释，“革命者”，即处在传统与现代两元对立关系中的选择冲突的人。为了破除旧的，必须拿出新的，永远去寻找新的，永远反抗旧的一切，没有握手言和，更没有妥协。“革命者”是这个逻辑的持有者。八十年代的辽宁现代主义，同样带着这种“革命者”的痕迹上路。

八十年代至今，林雪出版的诗集中，两部最为重要，《在诗歌那边》与《大地葵花》。无论是分析三十年辽宁诗歌，还是中国三十年诗歌，林雪都是一个很好的解析对象。她最初的写作带有学生的天真和幻想，笔调传统抒情。随后转入现代诗的写作，在辽宁诗人之中，她是在实验诗歌路上走得较远的一位。什么给了她持久的激情？是现实生活，更是认知所经历现实生活的西方现代人生哲学方法。在冲突、激荡的文化背景下，林雪实际上卷入了中国先锋文学的实验潮流。这实验在诗歌中素来存在，但在小说上获得了突出的表现，并因为体裁的缘故，获得了广泛的阅读影响。

三十年后的文学回顾，诸多的批评家仍然在估量先锋小说、先锋文学的意义，认为那注定是文学史上不可忽视的一笔。而实际上，这一笔不是写在文学史上，而是应该写在文化史里，是青年群体在思想解放、文化开放时代里，迎合世界文化思潮和文学潮流所做的实验，它只是以现代彻底革传统之命的举动，是先锋文化与传统诀别态度的激烈表达。先锋文学的文体实验，借用了大量西方文学的叙述技术，并在读者对西方现代文学没有阅读经验的背景下，首先获得了信息传播速度的优势。因此，他们和读者并不建立在对等的关系上，所以他们是孤绝的“革命者”。

林雪的《在诗歌那边》是这个时间段里典型产品。旁若无人的叙述，繁复的意象，在感性中布下理性的迷宫，也在理性中布下感性的迷宫，理性与感性交织的迷宫，浑然不顾汉语诗歌的传统阅读习惯。

而在《大地葵花》里，林雪以仍然浓厚的现代意识进行自己的诗歌叙事，但依然将双脚踏在了中国的土地和中国人的经验上，从而结束了她个人的“革命者”之旅。而这已经是发生在新世纪的事情了。《大地葵花》写了她的老家抚顺城乡，主题是现代化造成的故园消逝以及生无所依的漂泊感。在林雪的笔下，现代化被赋予了新的内容，不再是逃离的快感，而是深陷其中无法自拔的喜悦与忧伤，对于她来说，喜悦远远小于忧伤。这种情感，让我们把视角重新调整到精神家园的问题上来。现代意识与现代诗歌的症结之一，是文化意识的破碎感，这种感受当然也是激烈的现代化造成的。林语堂在《中国人》中写道：“我们已经失去了稳定而完整地看待生活的天赋。”这个结论在上个世纪初得出来，而那时，现代化的序幕刚刚拉开不久。

在诗集《忧伤与造句》里，阎月君坦陈，1980年起，她开始接触西方现代派卡夫卡、艾略特、波德莱尔等。这代表了一个年龄层面人的文化上的选择，即见了传统就跑、见了民族的就开枪的习惯。而事实上，她获得全国影响的组诗《月的中国》所以获得了诗评家、北大教授谢冕的好评，反而是因为她不同于第一代朦胧诗人的个人叙事。《月的中国》可以看成是台湾诗歌在大陆的延伸，而台湾的诗歌当然是上个世纪三四十年代中国诗歌的完整延伸。三四十年代的新诗，戴望舒、徐志摩、闻一多、朱自清、何其芳等，所实践的，恰恰是如何在现代语境之中，从古典诗歌的传统上，获得现代新诗的形式。

阎月君的诗歌，在对家乡与历史的歌唱中，弥合与传统分裂的阵痛，家园仍在，炊烟如旧，只是花落花开，几度夕阳，在时间的连贯性之中，我们获得了释放忧伤的载体。如果历史意识与文化意识是完整的，这个载体就在，只不过唐诗宋词已经没有安抚当代心灵的力量。所以，此后阎月君的创作，实际上徘徊在中国古典意境与当下意绪的无法调和之中，温润杂糅清寂，没落混合新生，这是在现代与传统之间徘徊的结果。

李犁的诗集《黑罂粟》是革命者典型符号，在一首诗里，他明确地说：黑罂粟是故乡的隐喻。但实际上，从开始，他就不是一个坚定的诗歌革命者，乡村生活背景，为他埋下了道德承担的基因。所以这个革命者不管走了多远，乡村仍是他心里最致命的伤痛。他无法获得彻底的告别。

三十年的现代诗写作就获得了这样的结局：从生活在别处，到生活在现实——因为绝大多数是生于上个世纪五十年代末和六十年代的人，与传统并没有构成紧张的关系，所以，他们也最容易和传统达成和解，并终于达成了和解。而在诗歌上，呈现出现实主义与现代主义合流的倾向。

坐在家里并回到内心、日常生活的平静表达，我接下来描述的是三十年辽宁诗歌一个重要方面，即女性诗歌的写作。诚如雅斯贝斯所说：毫无疑问，存在着一种普遍的观念，认为人的行为是毫无意义的，一切都成为可疑的，人的生活中没有任何可靠的东西，生存是一个意识形态的欺骗和自我欺骗不断交替的大漩涡，这样，时代意识和存在分离了，并且只关注自身。

雅斯贝斯还说：只要人开始对自身有充分的意识，生活秩序的界线就会明显起来。以王妍丁《手挽手的温暖》、李见心《比火焰更高》、李轻松《垂落之姿》、雷子等为代表的女性写作是对自我意识的深层潜入。她们的诗歌是个人生活的热切叙述、个人身体与心灵的探查、个人命运的剥茧抽丝。通过这个途径，她们获得了生活意识的完整性。

第四个主题，即重返生活的主题。与现代主义不同的是，既不逃跑也不反抗，但从话语开始，进行意义的颠覆。这就是人们所说的后现代写作。以哑地诗集《风蚀的椅子》、赵明舒诗集《飞翔的瓦砾》为代表的后现代风格写作，回到生活母体，游戏、顿悟、轻蔑与会心一笑。生活在当下，在对荒谬性的发现中，通过解构获得存在感。他们所解构的目标，正是传统与现代两元对立中，存在的一切。

上述的四个主题，构成了三十年辽宁诗歌的主流。

## 角度三
## 怎样的困境？怎样的未来？在大传统中的提问

把三十年诗歌放在中国诗歌传统中来观察，我的结论是，尽管在思想与精神上，诗歌与五四以来的文化同步，但是，新文学运动以来，白话诗仍然没有找到自己的形式，具体地说，散文化是最为鲜明的特征。

诗歌散文化，不是出自语言漫漶、毫无节

制，更不是缺少节制的能力，根本原因是，文化整体记忆与经验碎片化，导致传统诗歌审美追忆形式的丧失。今天诗歌的写作，已经丧失了为读者留有想象空间的能力和勇气，传统的人与社会、人与人、人与文化、人与历史、人与自然的关系丧失后，诗歌写作无法回避说明文路径，无法避免大量的材料的回填。今天诗歌的口语化，口语诗的泛滥，就是建立在这样一个文化背景上。

我们是否应该让生活与心灵慢下来？仔细想想，我们的思想与传统究竟是怎样的一种关系？如果我们不能在诗歌写作中， 停止简单的现代传统二元对立思维，就无法停止革命情结，就要不断地承受现代性的诱惑。在种种诱惑里，有两个更大的诱惑，其一是走向感官，其二，即世界主义诗歌的创造。这种冲动也贯穿了现代文学的历史。但是真正存在一个完全建立在现代化与传统无关的世界主义文学吗？这是否是一个现代化的幻象？

斯宾诺莎说：“我理解的人不是指血液循环及其他与动物相同的功能，而是指理性，特别是指德性和真正的生活。”班达说：“……承认了这种唯物主义，也就表明了现代知识分子缺乏对抗人类感官享受的必要手段，他们反而要体现出这种感官享受并把它看成是构成文明的不可或缺的基本条件。”——在本文的上一部分，我描述了李松涛等诗人的创作，即基于这样的结论：诗人写作的超越性必然建立在对现实的深刻了解上。

诗歌是语言的艺术，但从根本上说，诗人写作的过程，是通过语言实现对现实要素、文化、精神的抽离、归纳和总结。从语言出发，再回到语言。没有这个过程，就没有诗歌。

现代诗歌的困境远远不止这些，今天我们的诗歌在现实生活中所面对的，还有艰难的中国经验寻找。因为，越来越加速的现代化进程里，民族文化和亚文化与次亚文化形态正在不断消失，我们今天所面对的乡愁是全景式的。文化精神资源的消失与诗意的确立与自信，开始发生矛盾，为诗歌写作带来了更多的压力。林雪的范本意义，恰恰就在这里。

诗歌都是时代的证明，都是时代精神的折

射。但是诗歌的时代精神需要依靠对个人经验的提炼来实现，当然，其他的文学和艺术创造亦如此。个人经验的写作，如何在文化碎片化的时代里，获得持久的动力？这难道不是一个问题？

“床前明月光，疑是地上霜。举头望明月，低头思故乡。”简单的物象组成的诗歌，最让中国人为之心动。月光下，对故乡的思念意绪，流传千古，到了今天实际上已经成为思念精神故乡的隐喻。在流传的过程中，随着时代的变化，诸多隐喻是我们不断赋予它的。诗歌创新，当然首先是解构传统的意义与价值。但是解构不是简单的破坏，而是拨开文化隐喻的迷雾，一点一点接近事物的本源。正如我们需要重新回到“床前”、“明月”、“霜”、“故乡”这些物象上，重新出发，寻找不同的故乡一样。

我们当然无法回到唐朝，但可以回到现实生活，回到日常生活，回到真实，重新出发。

原载《当代作家评论》2009年第2期

# 守护细若游丝的小传统
## ——俞晓群与《这一代的书香》

### 一

新世纪第一个十年即将结束之际，俞晓群出版了个人的第三部散文随笔集《这一代的书香——三十年书业的人与事》（杭州大学出版社出版，以下简称《书香》）。

俞晓群曾执掌辽宁教育出版社多年，从二十世纪八十年代起，主持出版了“新世纪万有文库”等一系列影响巨大的图书，涵盖了价值甚高的学术著作乃至市场效果极好的畅销书，使辽宁教育出版社成为当时中国出版界翘楚。他本人也成为一个名满天下的出版人。作为大学数学系的毕业生，二十世纪九十年代，在繁冗编务之余，他写就了一部研究中国传统文化的专著《数术探秘》（生活·读书·新知三联书店出版），是“中华文库”丛书中的一部，丛书其他作者有学者葛剑雄等。其后，还写作了《数与数术》（中华书局出版）。在散文随笔写作上，俞晓群于自由、随意状态中，显现出别样气象。他先后出版了随笔集《人书情未了》（东方出版社出版）、《一面追风 一面追问》（台湾大块出版）等，都引起广泛关注。出版家、学者、作家，这三个身份，在俞晓群三十年的出版实践里，得以完整呈现，这本身就让人诧异。除了丰富的学养以及强大的思考力等因素之外，还有更多的因素值得探究。

作为一个职业出版人，三十多年间，俞晓群始终和书打交道，随笔写作的题材绝大部分自然和书有关。在旁观者眼里，书业无非就是出版、销售及其他。但在俞晓群笔下，出版活动，书的遭际，亲历的事件，朋辈同侪，面对的作者——学者、专家以及作家，出版业的种种逸闻，乃至关于出版的多重思考，构成了对出版业整体的文化形象，即一个行业文化传统的描述。

从阅读习惯出发，一般来说，读者会把《书香》当成作者的一部出版生涯笔记，或者囿于一个行业的学术随笔，而不把它看成是一部散文作品。因为，人们习惯把独立于职业经验之外的公共经验生活看成是散文的材料，把附丽于其上的风花雪月、抒情和诗意看成是散文的主流。比如乡土记忆、一次旅行偶得，比如近些年泛滥的历史文化记忆。

散文写作一直面临两重困境，今天，困境尤甚。一是失去了题材，失去了素材，这是特殊时代语境下，散文作家的文化宿命。从本质上说，散文题材不是被找到的，素材也不是被发现的，而是被作家人文理想和心灵之光笼罩到的。也就是说，作家的心灵从哪些事物上感受了意义和价值，哪些事物就会变成题材和素材。这样，就可以解释，每一个作家都在经历着自己的日常生活，也观察别人的日常生活，却处于失语状态的根本原因。二是失去了给出意义的能力。无疑，我们生活在一个意义和价值解体的世界里，生活在生活之中，却感受不到生活。当代生活的本质特征是不安，卡尔·雅斯贝斯说："我们不像我们的前人那样单单想到这个世界。我们思索这个世界应该怎样理解，我们怀疑每一种解释的正确性。在每一个生活与对生活的意识表面一致的地方，背后都隐藏着真实的世界与我们所知的世界之间的区别。所以，我们生活在一种运动、流动和过程之中。变化的认识造成了生活的变化，反之，变化的生活也造成了认识者意识的变化。”在运动、流动和变化的时空里，一个作家能够给出意义，就能够赋予散文以诗意，可以获得散文的灵魂。毫无疑义，作家面临着与生活、社会、自我分离的处境，这意味着写作无法成为对意义的建构。

到哪里去寻找这样的写作？拥有源源不绝的题材宝藏，并在那些写作对象上赋予意义，同时不掩写作者的个性和精神光泽，这正是俞晓群散文写作吸引人注意的地方。他拥有自己固定的题材与丰富的素材，随着出版实践的增加以及思考的深入，这些素材会不断生发出新的意义。一般来说，始终围绕一个行业写作，容易产生封闭性和孤立性，让人在阅读中产生一种“作者自己的事情”或者“他们那些人的事情”的感觉。但阅读《书香》，如果我们不带偏见，并且具备对出版业以及文化界、学界起码的了解，就会知道，俞晓群通过对出版业人与事的书写，相当于用社会肌体的小小切片，描绘了三十年文化变迁与思想史。

一个人将自己的一辈子时光投入到一个行业里，自然会获得深刻的生存体验。若把全部理想和价值实现的期望投入到一个行业里，他所获得的，则是精神世界的建设，或者是更加珍贵的具有超越品质的价值。这就是我界定的“职业出版人”的含义。在《书香》里，我们读不到不安，读到的是对不安的排拒和批判；也读不到与社会、职业、自我的疏离，当然更没有分裂；相反，在字里行间，有一种强悍的文化定力，在价值模糊地带，常常给出清晰的判别——这里，有我们几乎失去的文学精神。

## 二

《书香》大部分篇章都直接涉及出版，是以出版为视角的文化书写。虽然他把时间限定在“三十年的人与事”上，但是，通过诸多篇什的阅读，我们足以产生追溯中国出版历史以及重温新文化运动史的强烈冲动。中国近代出版业最具代表性的是十九世纪末崛起的私营出版机构……特别是十九世纪末二十世纪初，中国社会风气日渐开化， 国人对西学知识的渴望，汉译西籍的抢手，这些都为出版机构的繁荣提供了市场条件。因此，十九世纪末，私人印书馆雨后春笋般地出现在中国的各大中城市。其中商务印书馆、文明书局、中国图书公司、中华书局等都是著名的私营出版机构。许多出版机构都出版了大量近代自然科学知识和社会科学方面的书籍，传播了大量科学知识和思想观念，直接推动了近代社会的进步。俞晓群的散文写作，是以文学的方式，对这段历史的描述与印证。因此，我们可以得出这样的结论，中国出版史的精神基础，不是别的，而是启蒙。一百多年的出版史，和同时代的其他文化行业（如报业、文学）一样，形成了一个文化启蒙传统。黄万盛在《革命不是原罪》中说："所谓的启蒙， 就是应该在文化转型中赋予原有文化以新的内容和形式， 使其符合社会生活，而又不失其独特。这就是知识分子的文化使命。”启蒙，对于中国来说，是一个小传统，这个传统里，包含着“除魅”这个西方启蒙运动的含义，只不过对象不同。

在《书香》里，俞晓群以深情的笔调，为我们讲述了浸淫在这个小传统里的，那些迷人的书卷气、理性、睿智；还有丰富多彩的出版人特有的人生景致，也为我们打开了一个通往文化界、学术界、思想界的通道，从那里足以窥见时代一隅所发生的事关文化生产和文化价值存亡的细枝末节。俞晓群的写作，在三十年的叙事跨度下，全部内容都围绕这个小传统的生与死。于其中，所表达的不仅仅是认识和观察这类理性的结果，也包含着精神和心灵的律动。

置身于出版业，以得天独厚的便利，俞晓群在三十年里，得以全面了解、触摸出版业文化启蒙的传统，在这一传统下，俞晓群记录了生活于这一传统中的人们——负载着启蒙理想的学人和文化名家的活动。那些篇章甚至可以看成是短小的个人评传。这几年里，他在《新闻出版报》等报纸上开设专栏，刊登一些篇章，篇篇都引起轰动。《书香》里，如《两支笔》这篇短章里，俞晓群记录了能够使用两支笔的文化人，比如周振甫、鲁迅、叶圣陶等。实际上要证明这样的结论：“好编辑是编出来的，也是写出来的。”周振甫从事出版工作六十年，编了很多好书，其中最有名的是编辑钱锺书的《谈艺录》，但是周先生又是一位勤于笔耕的人，数十年下来，竟然有五十部著作面世。当有人问他，没有成为一个专业学者是否遗憾时，周振甫淡淡地答道：“我是中华书局的编审。”在这里，俞晓群带着对出版业的偏爱，希望出版业多些学者型的编辑或者编辑型的学者。问题的重点在于“周振甫淡淡地答道”，是什么能够让一个本该成为大学者的编辑，经历六十年人生以后，仍然能够“淡淡地答道”——这显然是追踪这一代文化人精神世界的线索。

《一位智者，让我们陷入失语的窘境》一文，记录了那一代学人风范的另外一面。文章讲述了陈原来沈阳讲座时发生的一件小事——当主持者介绍陈原先生是一位大编辑家时，俞晓群写道：“听到这句话，陈先生微微一怔”，原来，陈原在《陈原语言学论著》中曾经编辑过一个辞条，“编辑是一种人，又是一种工作。编辑即是人，则不必加‘家’”。作者“又想到我也似乎有过‘编辑家’什么的乱说，不觉脸面上浮出一缕绯红”。这是世俗世界里，不太可能发生的尴尬。说的说了，听的听了，一说一过就算了，大家心知肚明。但是，这样世俗的聪明不会在这些学人身上发生。在这篇文章里，作者还回忆了自己给沈昌文写信，结果文字被挑错的事情，作者“心里却胆怯起来，甚至得了一种‘写信恐惧症’”。在知识特别是常识以及相关文化枝节上锱铢必较，这严谨科学的态度，则是这一批文化大家，如周振甫“淡淡地答道”的另外一面。

《在路上，终难忘，依旧是书香》一文里，作者写下了三十年间让他最难忘却的一个人和一部书，人是梁宗巨，辽宁师范大学数学系教授，书是《世界数学史简编》。随着作者和梁宗巨交往的深入，作者了解到了梁宗巨的写作动机，是因为中国古代科学被世界忽视。“其实，梁先生早在上个世纪六十年代之前，就已经完成了一部四十万字的《世界数学史》书稿。但是，‘文化大革命’的风暴打破了他宁静的生活，也摧毁了他的学术研究。他的妻子被说成是国民党特务，他的女儿受到造反派的惊吓而精神失常，他的哥哥梁宗岱被关进牛棚，他的书稿也被付之一炬。”作者说：“这里包含着一个人生命的意义，还浸润着生活的泪水和血水。”作者写下此文时，已在《编辑日志》上作者的一栏里划去了梁宗巨的名字，在完成《世界数学通史》一书后，梁宗巨过世。

在《书香》付梓之际，俞晓群已经发表了诸多篇出版业文化人和学者回忆文章，如《胡愈之：一任署长，一代英才，一生传奇》等。不同的是，那些篇章是单个的人，每一篇几乎都涵盖那些人物一生的文化活动。每一篇都是我们所不了解的历史侧面，都是一个具有传奇色彩的文化人的生命之旅。我想，在下一部书里，他会在一代代文化大家身上呈现更为丰富的启蒙精神，勾勒出传统的巨大身影。

那些学人身上，包含着诸多令人敬畏的精神，周振甫的淡然，陈原、沈昌文的较真，梁宗巨的悲情学术生涯，都是启蒙传统下知识分子的生存姿态，是一笔珍贵的精神遗产。一代知识分子寂寞、孤绝、坚持的精神力量，在俞晓群的笔下汩汩而出，在这个喧嚣的物质世界里，茕茕孑立，何其震撼人心。

## 三

《书香》不是一部旁观者的叙述，不是一部置身此行业，但对此行业只能浮光掠影、对某些事物讳莫如深的描述。《书香》里有一个赤诚的“我”，这个“我”正是俞晓群自己。这部书是作者本人出版生涯的实录，也是如何承接、延续启蒙文化传统的实录。这部书有两个重要线索，一是作为启蒙传统下的“行动者”、“实践者”不懈的行动与实践，二是启蒙传统与时代分裂后，作者精神世界里，留下的巨大压力和创伤。

启蒙传统的重要方面是文化传承。《万象：一个人的编辑部》等，则是关注出版人致力于文化承接的篇章。《万象》杂志是旧中国，即上海“孤岛时期”的刊物，“它曾经孕育出张爱玲、傅雷、郑逸梅、柯灵等许多文化名人”。在俞晓群的努力下，旧上海的《万象》落户辽宁，这本“小众化”的刊物吸引了黄裳、舒芜、董桥、林行止等大批文化名人。叙述《万象》的创意与成长，俞晓群轻松的笔调里，带着几分得意。而在《“新世纪万有文库”十年祭》里，深情与忧愤交织，一个“祭”字传达了商品经济条件下，文化传承面临的巨大困难。二十世纪九十年代，俞晓群在辽宁教育出版社策划推出了“新世纪万有文库”，“我提的是：‘精选的书目，精致的印装，精简的价格，精神的伴侣’”。这套价格很低但经过严格挑选的图书，出版了六集五百多册古今中外名著。如果了解出版创意的由来，就会了解，出版这套书的确是俞晓群的一个出版大梦。“万有文库”是出版大家王云五在老商务印书馆推出的一套丛书，以全球的视角，遴选了当时能够收集到的古今中外的名著。王云五在《印行“万有文库”缘起》一文中曾经这样介绍：“冀以两年有半之时间，刊行第一集一千有十种，共一万一千五百万言，订为两千册，另附十巨册。”在这样的文化壮举的感召下，俞晓群经过艰苦的工作，在王云五原来的书目上，增加了近代和当代学术内容，“新世纪万有文库”终于在辽宁问世。在此文的最后一段，俞晓群追忆了英国出版人莱恩七十年前编辑出版小开本“企鹅丛书”的状况，他这样描述道：“有趣的是，恰逢此时，在东方一个叫王云五的文化商人，也开启了他的‘万有文库’。望着他们坚韧的身影，我迷离的双眼充满了泪水，也充满了对文化传承的渴望！”

文化传承在一个职业出版人这里，成为一种“渴望”，这两个字里包含了太多的感叹。作者写作该文时，他当年主持的“新世纪万有文库”尽管在文化界、学术界产生了巨大影响，但仍然在无尽的遗憾中停止出版。在文化传承的历史使命和所期待的巨大市场效果之间，后者成为出版界考量行业存在的最重要标准和依据。在这个时代的极端功利主义大势面前，俞晓群的这篇“祭文”不仅描述了编辑“万有文库”——一个文化梦想实现的复杂过程，也叙述了这个文化梦想历史和现实的价值，但这不是重点，俞晓群的“祭文”是讲给全部文化行业和文化产业的寓言。尽管他说：“一个小人物的情绪是不值得公共化的”，但是，他仍然喊出这样的话：“一个‘文化大梦’真的需要一代代有志于人类文明建设的人们辛勤耕作，无论风刀霜剑，无论长河飞泻，碧水千叠，都丝毫撼动不了他们的意志。”二〇〇九年，俞晓群从辽宁出版集团晋京，任海豚出版社社长，短短的时间内，推出了“海豚书馆”，引起了出版界的高度关注。俞晓群坦言，这套书的策划出版，就是为了重续“新世纪万有文库”，显然，这不是他的“文化大梦”的余绪，而是一个新的开始。

《书香》一书里，俞晓群描述他策划的《中国读本》在国内以及国际上产生广泛影响的过程（《一本书，就这样名扬天下》），字里行间，颇为得意。在《国学丛书，一个社会转型期的文化结点》一文中，俞晓群回忆二十世纪九十年代初策划“国学丛书”的整个过程。“在一九八九年与一九九〇年之间，中国文化曾经发生了一次重要的突变，它的标志是在短短的两年之间，两个学术思潮的浮沉与更替。一个是‘全盘西化’，一个是突然兴起的‘国学热’。”一九九〇年底，俞晓群即策划推出了张岱年任主编的“国学丛书”，是此后二十年里“国学热”的最早发端。“这套书出版之后，国内一系列以‘国学’命名的出版物接连出现”，这段文字，可以作为研究中国当代思想史的重要旁证。

在《三本书，三个难忘的名字》一文里，俞晓群介绍了沈昌文主持三联书店时，出版的《宽容》。“宽容”，“在阶级斗争的年代里，它是一个地地道道的贬义词。但正是这本书，唤醒了我的良知，使我懂得了思想解放的含义”。二〇〇五年，俞晓群应《辽宁日报》之邀，开辟了读书专栏“开卷”，他写的首篇，即是《让游子的孤魂，牵着亲人的衣襟归来》，这篇文章刊出后，在各大门户网站上热转，这么大的影响，是报社编辑始料未及的。组稿的初衷不复杂，中国散文自余秋雨以来，形成了一个所谓历史文化写作潮流。请俞晓群做这个文章，其实就是想梳理一下历史文化散文的由来——源头不在文学，而在史学，在黄仁宇的《万历十五年》。中国文学界有这样的顽症：一些作家专门开发读者阅读盲区，在那里寻找所谓的新东西。俞晓群在这篇文章里，不仅分析了黄仁宇的“大历史观”，还详尽介绍了黄仁宇笔下的海瑞、张居正、戚继光、李贽等人。这样的文章，等于向读者宣布了历史文化散文和黄仁宇历史写作的内在关系。凡此种种，在这样一些篇章里，俞晓群表达的是除了文化传承以外，启蒙传统的另外一个重要方面，即出版作为一个文化工作，要以“除魅”为终极目标，与时代社会文化之间相互作用，要通过人们的阅读，推动、引导社会思潮的发展。而这就是我们最熟悉的“创新”两字。

在三十年这个时间框架下，《书香》传达了丰富的文化内涵和现实关切。文化传承中的欢喜与忧伤，得之于一个人的生命和传统并行过程中所产生的阴差阳错。二十世纪九十年代之后，启蒙传统中断，但产业还在，迎合消费主义潮流并维持着快速发展。启蒙传统消隐，意味着出版失去文化灵魂。二〇〇六年，俞晓群写下了《文化与出版，是谁发出了SOS》一文，无疑是对出版业盛行的“极端商业化”思潮的批判。二十世纪九十年代以来，始终强调以经济建设为中心，文化被看成手段。但在文化界，少数的清醒者从来没有停止过思考与呼吁。“……如果背离了文化建设这个根本目的，经济手段对出版有什么意义呢？什么积极意义也没有。”这是作者引述的刘杲的言论。“精神产品的生产，除了上述制约因素（原材料和市场）外，还要受思想性、学术性、艺术性的制约。文化产品的思想性、学术性、艺术性，潜移默化，传承创新，一般地以渐进形式向前推进，而不是‘跨越式发展’。”这是作者引述的巢峰的言论。俞晓群这样写道：“于是，我们又回到了‘文化’这个主题。显然，‘跨越式发展’的冲动也是极端商业化思潮的产物。请问，文化怎么跨越？高雅与通俗、学术与普及、经典与流行、传承与创新，它们有机地交融在一起，既无法跨越，也无法剪裁。这大概是清醒的出版人又一次‘黄钟大吕’，大概是文化的又一次SOS。”“写到这里，我隐约地觉得，人们一次又一次地呼救，有一点‘文化乞求’的感觉——好像文化拖了经济的后腿。”在这篇文章发表了六年以后，整个社会开始注意到文化发展的特殊性，文化发展的特殊性是由文化特性所决定的，了解文化特性以及了解文化生产特性，就势必回到对出版业文化传统的关注上。

当下人对文化生产的想象，是工业化大生产的模式：于一个巨大的流水线上，源源不断的创意产生，源源不断的纸张输入，产出源源不断的产品以及源源不断的利润。而如何才能持续产生创意？现在看来，财富的诱惑力，远远不够。没有行业传统和内在精神支持，上述的想象，难道不是一个历史性的误会？

## 四

在中国庞大的出版行业里，俞晓群是少数的清醒者之一。无论是文化大传统，还是出版业这个小传统，传统虽然也是一个动态的存在，但是其中的符号（规范、制度、行业行为）以及从业者的文化理念，决定了它的特性。随着启蒙意识的消隐，出版业的传统处于不易察觉但迅速的流失之中。简·雅各布斯在《集体失忆的黑暗年代》中，描述过文化的衰腐过程。她说：“过去屹立不败的强盛文化之垂亡或终结并非由于外来的攻击，而是由内部的攻击造成的；换句话说，内在的腐烂，才是致命的文化转折，只不过在发生的当时并未察觉其为恶性转折，或察觉太晚而无法挽救。尚可改正的那段时间终于逝去，就是因为集体遗忘。”从这个意义上说，出版业文化传统的丧失，只要看到细枝末节的异变，意味着很快就会看到整体溃败。

这样，我们就理解了俞晓群在追述周振甫、叶圣陶、梁宗巨等文化人之外，仍然在一篇篇写出版界、学术界知识分子的内在动机。出版行业，换句话说，只要是文化行业，从业者的职业化是这一行业保持内在活力和精神特征的最重要因素。职业化，意味着一个人把整个生命倾入其中，工作，不单单意味着一个饭碗。“总之，出版行业是最讲‘传承’二字的，内容上的文化传承和人才上的师徒传承结合在一起，才是结构调整的根本所在。”（《“去职业化”影罩下的文化出版》）如果文化生产行业再无周振甫、叶圣陶这样的职业文化人，这个传统还能不能得到维系？俞晓群在这里所传达的，是一种深切的忧虑。出版一部书，加不加索引，是一个外行看起来不那么重要的问题，但是在行业内部，这涉及到文化差异等诸多方面的问题。从文化传承的角度讲，做好索引责无旁贷。俞晓群通过这一个细节，透视了出版行业正在发生的文化变迁——对传统的集体遗忘。

对于出版文化传统的认识，俞晓群表现出了一个文化史学者的专业水准。诚如他认为自己编辑出版“新世纪万有文库”是百年间的文化传承一样，坚持文化整体性认知是俞晓群《书香》写作的重要基点。在《旧三厄，新三厄》一文里，作者引述了古书有“三大厄”，一是清代陆心源说的“明人好刻古书而古书亡”，鲁迅说了后两个，“一是清人纂修《四库全书》而古书亡，因为他们变乱旧式，删改原文。二是今人标点古书而古书亡，因为他们乱点一通，佛头着粪”。与此相对应，俞晓群总结出来“新三厄”，一是白话，即用白话翻译古书；二是简体；三是网络版。对于网络图书，“只要你不怕文中有错误，书目应有尽有。我且喜且忧”。这种结论的给出，具有极大的挑战性。阅读《书香》过程中，我注意到有一篇重要的文章没有收入，即《历史在糟粕处断裂》，这是一篇重要的对文化整体性特征的深度阐述，在理论上具有极大的挑战性。在俞晓群看来，文化所谓“糟粕”与“精华”因素，是伴生的存在，不能也无法做所谓科学性的“取”与“去”，文化是一个生命活体，“取”或“去”都会伤害文化本身。五四以来，因为我们不断地“去其糟粕，取其精华”，从而导致了历史文化的断裂。而不坚持文化的整体性认识，或缺少这样的认识，是这个科学泛滥时代的思想顽疾——在文化这个浑然的生命体面前，人人都把自己当成外科医生，他们对切割的兴趣远远大于对整体的考量。

二〇〇五年以来，俞晓群为《辽宁日报》“开卷”专栏撰写了一系列文章，大都收入了《书香》。那一系列文章多数是由作者本人和编辑共同确定主题，这些主题对于他来说，似乎早已烂熟于心，也都是围绕着文化问题而展开，所参照的系统，仍然是启蒙传统。最为可贵的是，这些文字不是出自一个书呆子、一个在当下文化语境中水土不服的思想保守的文化人之手。我们所共同经历的新世纪之交，以及新世纪第一个十年，大众文化飞快登场，消费主义、娱乐精神成为主流，网络以强劲的方式助推这一切，启蒙这个主题成为极少数人，即所谓精英的并不受大众欢迎的梦想，似乎被永远搁置了。今天，精英们已经成为了可怜的少数人。但，这将是现实的常态吗？离开启蒙传统，我们是不是来到了另外一个极端的时间节点上？

俞晓群在《辽宁日报》的专栏写作，给读者留下深刻印象的，有两个重要方面，一是坚持不懈地对文化常识的复述，这使我们清醒而无奈地认识到，在一个文化传统逐渐崩析的历史关头，复述常识成为了知识分子具有建设性的工作首要。比如在四篇“国学”系列中，他以丰富的国学知识储备，全面勾勒了国学历史面貌。这种在大众传媒上的呈现，从另外意义上，消解了“心灵鸡汤”式的大众国学知识普及，掀开了蒙着文化传承与启蒙，行商业化营销之实的文化人面纱，让我们看到了在商业利益驱策下普及国学的虚妄性。“我跑回办公室，打开电脑，开始构思《鸡汤的历史》的写作构架……类似的问题，我列了几十个，然后准备逐一输入百度，先搜索一遍再说。请看——输入：历史名人中谁最喜欢吃鸡？结果：洪七公，黄鼠狼，猪八戒。读毕，我当即‘晕倒’在办公桌旁。”（《一箪食，不改其乐；一瓢饮，心灵鸡汤》）在俞晓群笔下，二十世纪九十年代以来的文化流变，不是陌生的，诸多问题过去发生过，比如在二十世纪三四十年代，王云五何尝不面对市场？比如在出版学术经典的同时，也要做畅销书等等，这是通识。在俞晓群的视野里，一个文化多元、包容的年代，出版业无论如何不能出现“无书可读”的荒唐局面。“遗憾的是，新世纪‘无书可读’却不是大师的体验，而是平民的实践……这就是我们出版三十年来追求的结果吗？”（《卅年间，落儿滴星星雨点在心田》）二是俞晓群叙事呈现出开阔的文化视野，他的“三十年”叙事框架，也建立在对全球文化格局的了解上。大众文化、消费主义、娱乐精神，正在涌入中国大众的精神生活，会产生什么样的后果？它是一个美妙的乌托邦，还是一个丑陋的乌托邦？大众欢呼着迎向新生活的时候，有几个人能保持起码的警惕和忧虑？繁华的脚下，可不可能是一片精神的荒原？

《美妙的乌托邦，丑陋的乌托邦》一文，即是一篇具有代表性的文字。俞晓群从尼尔·波兹曼的《童年的消逝》、《娱乐至死》两部著作入手，分析了电视——娱乐文化泛滥的恶果——不仅造成了儿童童年时间的缩短，最重要的是，“此时，波兹曼提出了一个更为惊人的政治语言：美国正在不自觉地跌入一个赫胥黎式的‘乌托邦社会’……这是一个‘美妙的新世界’，它的美妙之处就在于：它与奥威尔预言的专制主义社会同样危害人类文化，但它采取的手段却更高明，不是监狱，而是欢乐”。本文写作于二〇〇七年，也正是中国以电视为载体的娱乐文化兴盛之际，大众无限欢娱地沉浸在“往下笨”的时流之间。《书香》出版之时，娱乐精神给各文化行业带来的戕害已经显现，和此文相似的反思声音，微弱中似有和者。中国的现代化过程必然是融入世界，但现代化不是无条件全盘接受外来文化。现代化过程中，有多少需要避开的以“乌托邦”面目出现的陷阱？俞晓群以开阔的阅读，追述了两种“乌托邦”的历史，“一是奥威尔在《一九八四》（一九四八）描述的极端专制主义社会；再一是阿·赫胥黎在《美妙的新世界》（一九三二）中描述的极端科学主义社会”。他这样写道：“关于波兹曼的悲观主义情绪，中国的有识之士久已关注……早在一九七九年，李慎之、陈翰伯、陈适五、董乐山等人就已经组织并译出《美妙的新世界》、《一九八四》，刊登在《编译参考》上。”的确，以娱乐为本质内容的“乌托邦”已经成为普遍的精神存在，“人们感到痛苦的不是用笑声代替了思考，而是他们不知道自己为什么笑以及为什么不再思考”。二〇〇七年，《辽宁日报》刊登了《美妙的乌托邦，丑陋的乌托邦》全文，也是大众传媒最早传达出的冷静声音。

## 五

《书香》是一部洋溢着理想主义精神的文本，充满批评锋芒的文本。

俞晓群把“三十年的人与事”置放在这个时间框架里，而这个时间框架，恰恰也正是认识俞晓群写作的重要参照——三十年前，“文化大革命”后的第一、二、三批大学生，即将迈出校园走上社会。这一批大学生中，产生了今天中国思想界、学术界最为优秀的群体。俞晓群是其中一员，只不过他是出版界中的一分子。曾经有学者追溯过这一代人的精神成因：生于二十世纪五十年代；经历英雄主义和理想主义洗礼；在“文化大革命”过程里以实践方式深度地了解中国社会；在大学时代的课堂上，授课者是完全被五四新文化运动直接洗礼的老一代学者；二十世纪八十年代，又是一个思想解放的——启蒙年代，等等。这所有要素杂糅一处，成为这一代人的精神背景。今天，我们回头看去，就会发现历史奥妙之处，五四新文化运动因为救亡而中断，如同一条河流沉入河床之下，在二十世纪八十年代，同一条河流浮出巨石嶙峋的河床，涤荡时空。俞晓群这一代人，因为这样的精神背景，似乎成为这个年代里沉静、坚定，又十分孤绝的一代，似乎是硬生生插入历史的一代。

启蒙立场，是历史赋予俞晓群这一代人和一个群体的，他们以这个姿态开启了自己的文化之旅，三十年间，也不懈地守持这一立场。因此，即使遭遇了二十世纪九十年代的商品经济、市场经济，以及新世纪的消费主义、大众文化和娱乐文化潮流，这个立场始终没有动摇过。从这里出发，就可以理解《书香》的写作，不在题材上，更不在立场上犹豫的根本原因。对于一个理想主义者来说，他所拥有的精神世界，足以抗拒现代生活的不安与焦虑，他与所谓的社会生活也没有发生疏离或脱节。这就是一个作家的精神力量之所在。

就是这样，《书香》始终期待重续启蒙传

统，让启蒙的传统再次从河床下冲出，涤荡功利与喧闹。今天，俞晓群还保持着这个“文化大梦”，文化启蒙，这个小传统。它如此脆弱，又如此坚韧。所以坚韧，就是因为有精神的存在，与时流相左，因此弥足珍贵。二〇〇六年，俞晓群写下了《唐吉珂德精神万岁!》，正是这份心迹的最好证明，直接的证明。

《书香》具有丰沛的理想主义精神、批判精神和一份积极的文化态度。作家在三十年的跨度里，充分表达了血肉丰实的自我。他笔下的这些文字，浸满了个人与公共记忆交织而成的悲辛，真实可感。从中，我们能清晰了解三十年文化变迁的脉络，也获得了明晰、确切的价值取向与一个自强不息、关切文化、笃定前行的文化价值持守者形象。作家使用的材料，没有虚拟，没有夸张，甚至很少有闲笔，全部来自个体经验，充满了质感，没有呻吟与铺排，更无聪明作家惯有的闪烁其词。同时，作者的写作，展示了一个庞大的知识体系，一个开阔的文化素养背景。但是，这些都被置放在丰润的个人精神体验后面，丝毫没有当下文化散文卖弄知识等沉疴。

我为这样的文本出现感到惊喜，中国文化传统里，中庸虽然被看成是具有重要价值的处世态度，但在这样的传统下，偏偏会出现强劲的时流。俞晓群事关新世纪前后出版文化状况的文本，本质上是一个抗拒时流——为时流注入理性要素的写作。这其实仍是启蒙。

东汉仲长统说："天下文士有三可贱，慕名而不知实，一可贱。不敢正是非于富贵，二可贱。向盛背衰，三可贱。"这"三贱"所描述的中国传统知识分子精神状态，汉代有之，今日亦然。余英时说："中国文化在成就人的人格上，常表现为截然相反的两个世界：一是少数知识分子之实践所体现的人格境界。一个是一般知识分子自私自利的世界。"这个结论与仲长统的话，异曲同工。这何尝不是今天知识分子群体留在现实中的形象？

俞晓群是余英时所说的前者，孤独少数中的一员。

原载《当代作家评论》2011年第6期

# 一个报人文本的文化解读

——评《敬宜笔记（续编）》

文汇出版社继《敬宜笔记》后，又推出《敬宜笔记（续编）》，两本书分别列为“‘夜光杯文丛’· 个人专辑”之第一辑与第六辑，同列在文丛中的，还有季羡林、王蒙、李辉等其他作家的专辑。

范敬宜的“续编”沿袭了《敬宜笔记》的关注点，通过一篇篇短文，透过一个个点，并以隐喻的方式，在多重意义上，勾勒出了当代，特别是上个世纪九十年代以来，转型期中国文化的整体风貌。此种勾勒是提问式的，也可以说是批评式的，特点是彼此非直接关联，但整体浑然，并因此划开他所认为的“现代”与“传统”的边界。从这个意义上说，对于今天，仍然是文化启蒙式的写作。

范敬宜本人的学养背景、《新民晚报》“夜光杯”专栏的存在、《敬宜笔记》以及《续编》

的出现和当下所处的时空之间，有着诸多值得关注、并且十分耐人寻味的关系，值得一一解析，而本文所着眼的，是范先生的文本，以及这一文本所牵扯的更久远的历史背景和复杂的现实。

范先生的视阈和写作中所指向的文化问题，都不是孤立的，放到改革开放三十年这个时间段来说，是与上个世纪八十年代思想解放运动，即新启蒙思潮并行的文化潮流。放到新文化运动肇始并延及到上个世纪四十年代的文化争论的语境之中，可以看到，范先生其实承接并思考了一个重要的主题，即：一个国家的现代化过程与文化传统之间，究竟是怎样的关系？是不是历史惯性中的两元对立？显然，这是一个常说常新的问题，可以说，也是现当代文学的母题。

近现代史上，那些饱学中国传统文化、用毛笔写繁体字的知识分子群体里，“中”与“西”的关系，从上个世纪初开始，内涵发生着一系列重要变化，从“中体西用”到“西化”、“全盘西化”，与之并行的有“中西互补”、

"中国本位论"，最后结论归纳为"现代化"、"中国式的现代化论"——"现代化"成为不可逆转的历史潮流成为共同的认知。然而，现代化过程中，"中"与"西"是怎样一个关系？诚如胡适所说"研究学问，输入学理，整理国故，再造文明"，可是输入什么学理、整理哪部分国故，才能再造一个"文明"？显然，如何面对传统文化，这是一个在理论上始终悬而未决的问题。

但历史给出了答案。手持毛笔写繁体字的知识分子开始的对传统文化的革命，到了手持钢笔写简化字的晚辈身上，成了根本无法熄灭的火焰。到了"文化大革命"，传统文化最为深层的价值体系受到了毁灭性的割除。上个世纪八十年代的新启蒙，表面上仍旧浮动着反传统的气息，但那时的传统只是杂糅了五四以来复合文化的传统，纯粹的以儒家道统为基调的文化已经断流。上个世纪九十年代以来，商品化、市场化、全球化使传统文化的残留进一步碎片化。仔细考量上个世纪九十年代初期开始的国学热，以及延及今日的国学通俗化潮流，就会发现，历史以及所承载的传统文化，现在成为神话的一部分，人们只是觉得它似曾相识，亲切、熟悉。但与自己理性层面的精神联系已经中断，之所以觉得熟悉，是因为对于传统文化的集体无意识还在起作用。

进入新世纪以来，传统文化在两个层面引起更为广泛的关注，首先在公共层面，特别是经济层面上，但传统文化不是作为文化而被关注的，而是因为文化可以成为经济工具的特质，即：可以被设计的文化产品，旅游业是主导形式。另外一个层面是，在不断碎片化的现实中，大众群体中出现了文化认同危机，现代化给人的承诺，是不断的物质增加、积累和获得，但与之相关的，精神家园丧失的问题越来越突出。对于文化，新世纪有一个重要变化，是文化“软实力”的观念被接受，这样，相应的问题随之而生，一个国家的文化“软实力”建设，和文化传统之间是怎样的关系？如果文化“软实力”被理解成有影响力的意识形态的话，那么这个意识形态是世界主义的吗？它的建设和自身传统文化价值之间有怎样的内在联系？如果软实力意味着一种价值体系被接受的话，这个价值体系和民族文化传统之间又是怎样的联系？

一方面是全球化背景下的文化压力，即：所谓的普适文化价值的推广。另一方面是，我们当然注意到，所谓普适价值特定的国家和文化背景。这意味着，如果我们无视自身的文化传统，而盲目地追逐一种世界主义的文化，最终可能一无所获。——然而，在滔滔的现代化潮流里，这仍然是极其微弱的声音。

美国加州大学史书美教授在《现代的诱惑——书写半殖民地中国的现代主义（1917—1937）》一书的导论中写道："由于中国的启蒙思想家已经亲自动手系统地废黜了中国的本土文化，因此，人们无从获得用来对抗殖民主义的无瑕疵的和未受搅扰的本土文化。在这个意义上，半殖民地的语境使得对反抗的清晰表达成了一件异常困难的事情。本土文化已然被解构，再不能被当成是一种公认的对抗手段，即使对于那些提出本土文化复兴的人来说也不例外。……"范先生的写作，发生在新旧世纪之交，在传统文化被重视但同时也被涤荡的年月里，可以被视为清醒又无助的声音。他或许不是对抗，但肯定是一种充满忧患感的提示。

文化的定义逾百种，但在各种文本上，皆难窥全貌。这源于文化的精神和意识形态属性，它无法量化、数字化管理。按照余英时先生的分法，文化包括物质、制度、价值和风俗层面，而这四个层面又相互关联。同时文化又是动态的，变动不居的，如前所说，文化的意识形态属性，常常使文化价值解构与意义的消解等诸多嬗变发生在潜移默化、甚至在无形之中，这种嬗变在日常生活里，常常以碎片的形态向人们呈现。其实，碎片往往呈现的就是整体，但碎片化形式呈现的整体，又常常被社会忽略——这就是为什么文化人群的焦虑与社会公众的漠然不可思议地交织在一起。

由碎片努力拼接整体，至少是由碎片指向了整体，这就是《敬宜笔记（续编）》的言外之意，展示了这些文化随笔暗含的张力。简单地概括一下这里所说的整体，即：范先生仍然关注中国文化在应对经济全球化、文化多元化过程中的种种表现。特别是进退失据的诸多方面。在《敬宜笔记（续编）》里，范先生所描绘的文化是多层面的，物质形态的，非物质形态的，历史意识和文化意识方面的，价值层面的，文风与学风方面的等等，这些问题都是文化发展和建设中必须关注的问题。同时，笔者还十分确定的是，范先生并不是一个文化保守主义者，而是一位着眼于文化现代化的知识分子。在他的写作中，我们可以触摸到一个文化人所直面的“现代”和“传统”之间的关系。

传统不是一堆可以随处置放的废砖烂瓦，传统有物的形态，但更多地以无形的形态延续在人的精神深处，构成文化价值认同基础，也构成了伦理道德基础等等。五四以来，不断批判传统是文化思潮的主流，但却远远没有全球化造成的破坏更严重。“在我的记忆里，上海的美妙享受之一是理发，特别是理完发之后的刮脸。……在我走过的许多大中城市，像上海这样的刮脸水平绝对是独一无二的”。在《刮脸刀的联想》一文中，范先生描绘了他熟悉的上海理发行当，显然他描述了一种普泛性的中国传统手艺的丧失。最后他怅惘地说："现在遗憾的倒是，给人刮脸的理发店太少，善于使用刮脸刀的高明理发师更少。"面对传统，我们的思想里有一个困境，即一个无法迅速得到答案的问题，那就是传统究竟有什么用？在我们如此热烈地投身现代与后现代生活时，传统常常是一种羁绊，特别是在感官享受成为主流的时代。这个问题在范先生的书里，没有获得正面的回答。当然这不是一个能够正面回答的问题。但是本书部分篇章回答了这个问题，且比正面回答还有力。

在《站在"旱桥"看上海》一文中，他叙述了他不去看摩天大楼，而去看徐家汇公园的感受。朴素而洁净的徐家汇公园里，旱桥的历史其实很短，但它被作为上海历史的一部分珍藏着。关于徐家汇公园的介绍更有意味，其实徐家汇以及周围被保护的建筑仅仅有不足百年的历史，但是上海已经把这作为了历史，更重要的是，范先生和当地的居民一样，在这里获得了悠长的历史感，这就是文化历史对于精神的抚慰作用。

范先生对传统文化价值最为有力的说明，出自对一个丹麦女学者热爱中国文化的叙述。这个女学者是丹麦人文学科高级研究学院研究员，名字叫维贝根·伯恩达赫。她深入地了解扬州评书，并能精彩地表演扬州评书。在北京召开的“民族民间文化保护立法国际会议”上，表演完评书之后，她向与会者说出一段意味深长的话：“中国说书，是世界口头艺术的瑰宝。从宋朝起，职业化说书已在中国存在，广受欢迎。现在的问题是，面对现代传媒和现代生活方式，这门艺术能否流传到第二个千年？我认为，现在该是国际社会负起责来，保护这种独特的口头艺术的时候了。”范先生在文中这样感慨道：“我从一个外国人口中听到如此振聋发聩的声音，真是别有一番滋味在心头。”——显然，他的潜台词是：现代化过程中的我们，是否一定要先把民族文化传统变成一片废墟，才能获得进步？传统的全面破坏难道是现代化必须付出的代价？

引人深思的问题很多，与非物质文化遗产的境遇相同，现代化的滔滔之势下，到处是物质文化遗产的遗骸，久而久之连遗骸都找不到了。新的，现代化的建立起来，旧的，刻着时间记忆的就要消亡。新，似乎成为永恒的追求，在很多地方，城市建设的演进就建立在这个逻辑基础上（实际上，整个社会生活的发展，同样是建立在这个逻辑上）。在那些遗存上，有人们精神的投射，表面的前朝砖石其实和依傍它的人群具有隐秘而深刻的精神联系，但是，这一点被忽视，被对新、现代感、GDP的追求所粗暴排拒，这里可能有一种面对传统与现代必须作出的痛苦取舍，更可能有对于历史文化的无知，后者远远可怕于前者。所以，在一个崭新的、充满现代感的城市里，无法做到目光停留在一些历史遗迹上，就可以纵向理出一个城市的历史。这难道不是民族文化的悲哀？他在《话说“认不得了”》中，更为直接表达了这种忧虑。“众口一词的‘认不得了’，生动地概括了祖国各地的日新月异的变化”，他接着写道：“我则两种心情兼有，既为‘认不得了’兴奋，又为‘认不得了’惋惜。”在《不爱长城非好汉》中，上文的主题被逐渐拓展开来，在分析了诸多破坏历史遗产的动机以后，他写道："……我们经常讲爱国主义，而爱国不是一个抽象空洞的概念，而是非常具体的。如果不懂得自己祖先创造、传承下来的历史遗产是何等可爱，何等光辉灿烂，不懂得它对于培养民族精神有着何等重要的价值，爱国主义从何谈起？"

对历史文化遗产的保护，是维系民族历史文化记忆的方式，共同的记忆里积淀了文化价值认同的基础。中华民族文化在共有的文化价值认同基础上，也呈现为多元形态，这种多元往往体现为地域造成的差异。问题在于，全球化背景下的文化多元化性质是不同的，从某种意义上说，是中华民族传统文化的退场，文化认同感在人群中的逐渐丧失。无疑，历史文化记忆的断裂，是造成这一结果最为重要的原因。《明天毕业唱什么？》一文，从校园里最常见的毕业歌入手，写出了这种宏观的文化困境。每个不同年龄段的学生，都有不同的"毕业歌"，但现在没有那么一首可以供一代学生共同吟唱的"毕业歌"。"时代的变化，带来的是审美情趣的多层次化。当这批年轻人毕业的时候，作曲家给他们准备了什么新歌呢？他们又该唱些什么呢？”范先生的提问，包括两个方面的问题：一是学生们还有没有共同唱（喜欢认同才唱）的歌；二是作曲家还能不能写出让人人都来唱的一首毕业歌。人人都在多元化的文化里，显然，从这个角度看，范先生指向的不是创作能力的问题，而是一个呈碎片化的文化精神的现实。

对于历史文化的遗忘，已经逼到了常识层面上。在《“岂能如尽人意”？》一文里，他描述的是电视剧这种大众文化产品，在历史文化常识传播中暴露的惊人谬误。“岂能尽如人意”说成“岂能如尽人意”；杜甫诗句“阴阳割昏晓”说成“阴阳割晓昏”等等。这种情况，今天在大众传媒上，已经十分普遍。没有多少人意识到常识沦丧中暗含的危机，相反，这样的情况，往往被看成无关宏旨的枝节小事，无须大惊小怪。这种无所谓的漠然态度更为可怕。《敬宜愚兄，你好》是一篇幽默的文字。一个人给他写信，开头就是：“敬宜愚兄，你好！”

显然写信的人，是一个想展现自己文化修养的人，但是无论怎样都无法进入传统文化语境——幽默的文字下，暗含了相似的冷峻现实。

文化的果实里，当然有教育的种子。如果年轻一代身上的文化断裂源自这一代人的自觉选择，倒也可以另当别论。在《他们为什么想读〈文心雕龙〉》里，范先生讲述了另外一个现实：清华大学的学生提交给他一个书目，请他讲讲《文心雕龙》等古典文论名篇，这让老范十分疑惑。“这些日子，我一直在思考，为什么二十一世纪的大学生，竟然能对《文心雕龙》等古典作品产生如此浓厚的兴趣？想来想去，答案只有一个：他们太‘渴’了”。显然，这是文化断层问题的另外一面，传统文化教育的缺位。——教育如何不至于缺位？除了国家教育制度设置必须具有文化自觉精神以外，对待中国优秀传统文化，还依赖大批的学人、文化人、知识分子能够坐住冷板凳，开掘历史文化的“源”，把传统文化精神的“流”，引到现实的精神世界之中。《谁在坐这“冷板凳”？》是范先生参观北京皇史宬后的观感。在国内学术风气浮躁、学者驰逐声利的背景下，一些外国学者在那里寂寞地查资料，做一些在我们看来根本不是显学的资料收集。比如一位德国的研究生在那里抄录一份山西官员的奏折，研究中国清代官员对于精神病患者杀人如何判刑的判例。

范先生的观察，视野如此开阔，当然书里涉猎的还远远不止这些，比如对消费主义风尚的善意批评。在《修车摊上话“瘦身”》里，他描述了自己在一个修车摊上帮助一个弱不禁风的女孩子为自行车打气的事情，从而引起了与修车老师傅之间一段关于瘦身时尚的对话。“现在的美人标准是鹭鸶腿，排骨胸，鸡爪手”，而在美学大师朱光潜先生眼里，美丽的女人是“血色艳丽的女人”。

比如重构历史记忆过程中解构历史现象的批评，在《莫把“大资”当“小资”》里，有一段意味深长的文字，在这段文字里，他讲道，他读过一个年轻人回顾老上海的文章，年轻人描述了旧中国上海小资生活，喝讲究的咖啡、跳伦巴舞等等，极尽奢华。在范先生旧中国上海记忆里，那不是小资的生活，而是上海大资本家、买办的生活。回忆是重新解读、重构历史的过程，这没有问题，但是重构不等于偏离基本的事实。范先生所揭示的问题，在今天中国文化界里普遍存在，不仅仅存在于近代生活记忆，还包括更远、更为幽深的历史。历史重构中的视角和眼光都是当下意识形态的投射，如果我们对于历史的态度，要么是解构，要么是意义替换，这难道不是一种潜在或显在的危险？其危害必然是，我们终会失去自己的历史文化记忆。

这也让我联想到，从上个世纪末开始，与西方文化恣肆并行的，是“国学热”。这个热潮从知识层面进入大众层面时，经历了一个通俗化的过程，而目下可能正是这个通俗化的高潮时期。易中天等诸位方家在大众传媒上“演出”，把历史与经典文化带到了大众层面上，他们也在重构历史，在这个重构的过程中，有没有解构历史的危险？范先生所引发的思考，同样能够让我们的思路延伸到这类现象上。

在历史文化传承和当下文化发展上，不光

需要好的学风，更需要好的文风，同时学风和文风本身也是文化嬗变的一种表征，如此说来，文化建设，就不是一项简单的工作。范先生对于文风的认识，当然不是简单地建立在自己的新闻工作经验上，而是基于文风是社会道德、信仰、价值观、文化认同等因素具体表现的社会文化整体性认识，所以说到新闻行当，是因为文风问题在传媒上的表现更为鲜明。

《敬宜笔记（续编）》里，与新闻文风有关的篇什较多。他提及了国际友人、记者爱泼斯坦，后来他在其他文章中，又有几次提到了这个一生坚持用事实说话的记者，严谨的职业精神。无疑他所告诉人们的，其实是新闻行当中一个简单的道理，虚假新闻不仅有悖于新闻基本职业道德，对于社会文化更是严重的戕害。《回应“许嘉璐的话”》一文中，范先生进一步表述了对新闻行当从业人员整体文化意识淡漠的隐忧。文章讲的是，在《古训汇纂》新闻发布会上，许嘉璐看到许多新闻记者拿到礼品和新闻通稿就离开的情景，说出了这样的话：“这让我感到很失望，我个人认为他们失去了从一个‘小记者’成长为‘大记者’的机会……”这篇文章，其实涉及了一个自上个世纪九十年代，传媒出现的文化新闻“狗仔队”化、娱乐新闻“追星”化的问题。严重的问题不在于新闻更趋向于大众趣味，而在于市场化过程中，或被动或主动地对于经典文化传播使命的放弃。没有经典文化、严肃文化的传播，文化的根基就要丧失，这才是问题所在。范先生在这篇文章里，别有一番滋味地点道：“新闻对经典文化的漠视，非一群‘小记者’的问题。”我相信，这一感喟，会唤起人们的同感和痛感。

范先生的文字，承接了百年间的文化主题，所发出的仍然是中西文化碰撞中知识群体的共同声音。不同的是，这写作发生在新世纪，在他平淡的笔调下，现代与传统的两元对立依然如此尖锐，文化身份认同感危机在加剧。显然，知识分子群体百年间的文化心结并不随时间而流散。范先生通过自己的观察告诉我们的是，在剧烈的现代化过程中，历史文化传统是文化建设的基石，一旦我们忽视了这一点，我们今天所看到的文化碎片将是历史文化记忆的最后身影，这是一次告别，不同的是，这告别是永别。

原载《当代作家评论》2009年第3期

# 文学批评大众化是否可能？

追溯1980年代直至当下的中国文学和大众生活之间的关系，都会得出新时期以来，中国文学从大众生活核心退却，并且逐渐边缘化的结论。这是市场经济语境下一个渐进的历史景象。

如果我们把文学活动仍然看成是一个国家和民族精神生活重要指标的话，有一个问题就值得思考，即文学和大众生活之间的关系，究竟是从一个非理性状态进入了合理状态，还是矫枉过正，走到了另外一个极端上？诚如文坛所形成的共识那样，一个国家和民族，如果带着虚无的内心，则无法走向现代化。那么，文学作为精神的存在样式，或者作为一种社会精神活动存在的证明，应该向大众呈现它应有的面貌。

因为没有完全呈现文学本有的整体面貌，或者被认为没有完全呈现文学的整体面貌，至少新世纪以来，大众传媒一直受到文学界的尖锐批评。而在另外意义上，大众传媒的兴起，文学和批评的呈现，的确显现了为学界所陌生的气质，即更注重事件性、冲突，也就是新闻性，这是大众传媒的固有规定性。

因此，呈现在大众传媒上的文学批评，又被称为“传媒批评”。这个身份的获得，也仅仅是因为大众传媒已经拥有不可小视的巨大影响力。当然，这个貌似中性的概念，实则暗含了某种带有时代痕迹的贬义。

今天的大众传媒，当然没有呈现文学创作和文学批评的整体面貌，这是一个基本事实。在这里，要为本文所谓“大众传媒”概念作一个说明。这里所说的大众传媒，是指报纸、广播电视以及互联网，并不包括专业的文学期刊和批评杂志。在一次次的市场细分过程里，专业期刊杂志，如《文学评论》《文艺研究》《当代作家评论》等，已经不再是大众传媒和大众读物。本文所探讨的文学批评大众化，是指文学批评能否通过大众传媒，实现向大众重新普及文学、文学再启蒙的目标。没有这一个环节，文学在一个国家中的生存不可想象。

中国的大众传媒对于市场伦理的接受或选择，远远早于文学创作和文学批评活动对于市场的回应，这一点，正是大众传媒一直承受文学界批评的根本原因。上个世纪九十年代中期，大众传媒在市场伦理的指导下，完成了以普通大众口味为准绳的，对文学的挑选——大众喜欢什么样的文学样式，我们就提供他们什么。这个逻辑，已经完全区别于上个世纪八十年代大众传媒固有的启蒙立场，即：我们认为大众应该读什么、喜欢什么，就提供什么的逻辑。

文学和文学批评，在大众传媒上经历了迅速退场的过程。电视是最具革命性、最彻底的一个，诚如波兹曼所描述的那样，电视不可能成为具有文化内涵的媒体，因为电视是从电报脱胎而来，它能做的，只是传输信号而已。中国电视上曾经有过电视文学一类的尝试，但是均告终结。今天，中国几乎所有的卫星电视里，都没有读书节目，更谈不上文学批评。偶尔的读书节目，也是市场导向的。偶然所谓文学批评，只是文坛官司里，寥寥几句情绪失控状态下的愤激之语而已。目的不过是吸引大众的眼球。文学已经不在电视的视野之内。广播似乎好一些，但是纯文学含量所剩无几，以情感和世俗故事为主要内容的广播文学，在本质上和流行歌曲一样，也是以收听率——广告为导向的文学。而中国的都市报自诞生之日起，消费主义、娱乐精神是其天然品质，在不断改版，以适应读者不断变化的阅读需求过程中，文学包括文学批评，是一次次被革命的对象，一次次拾回，一次次丢弃。最有文化意识的都市报，文学作品在那里，最多呈现为所谓大家美文。文学批评，仅仅被描绘成文坛纠纷——文坛上的社会新闻，热闹而已。他们并无兴趣寻找热闹背后的理论和价值存在。当然，如《新民晚报》这类有历史积淀的晚报，是个例外。

大众传媒和文学、文学批评之间，最为完整而沉重的变化，发生在各级党报，即政经大报身上。在市场导向下，除了《人民日报》等仍然能按照自身在文学生态中固有定位，坚守文学阵地和发出批评声音以外，大部分的各地党报，在放弃了地域基层文学力量的发现与培养、文学教育普及、营造文学氛围等传统使命之后，对于文学的态度，始终处于惶惑之中，文学副刊进退失据——放弃心犹不甘，坚守寂寞难耐，在有多少读者的不断追问下狼狈不堪。

对于报纸来说，文学批评，当然成为最为多余的部分，所能够关注的都是小众的、与己无关的琐事，还有文学圈子内，作品出版的一般推介。随着专业人员队伍的流失，报纸的文学批评基本丧失了整体上把握文坛思潮和走向的理论能力。同时，这些阵地又无力拒绝以资本为背景的文学市场扩张行动。今天，即使是党报，也自觉不自觉地参与文学和文学事件的炒作——因为这一点合乎报纸的市场逻辑。社会资本正是利用了这一点，完成了对于大众传媒的无成本操纵——《狼图腾》等小说的一举成名，就是一个显例。

文学在大众传媒上的成功，必然取得市场和商业上的成功，市场上的成功最终被视为文学的成功， 这至少是当下大众传媒呈现给社会的一般逻辑，正是这一个逻辑遮蔽了文学现场的真相。事实上，广义上的文化传播在大众传媒上所呈现的情况更为特异，转型期纷繁复杂的文化现实，在大众传媒上形成的落点，主要是娱乐，文学和文学批评则更在大众传媒的视野之外。大众传媒，所参与的是以文学为外形，本质上是大众文化的文学生产，而不再参与文学创造，也即将失去参与文学创造的能力。

这是上个世纪九十年代以来，大众传媒和文学、文学批评关系的一般状态。从这个意义上说，文学的边缘化、文学批评的边缘化，正是因为淡出了大众传媒，才逐渐淡出了公众视野和大众生活。

我们正在经过一段特殊的历史，在这个时间段里，整个社会精神与思想处于一种真空状态，物质欲望填充了大众的精神空间。在精神饥饿的状态下，文学作为一种提供价值的精神活动和精神产品，仍然不像上个世纪八十年代那样被广泛需要。但是，还有另外一个现象值得关注，即新世纪经历了十年之后，全社会对文学的关切度，正在一点点地提升，主要表现在对文学创作与文学批评的指责与批评上，焦点集中在对文学创作整体的不满上。而且这一现象，并非仅仅发生在文学创作和文学批评的专业人群里，也在大众层面延展。

还要注意到的是，非专业人群的批评里，其实包含着更为复杂的社会文化因素，即对于社会文化现状的整体不满。从这个意义上说，文学以及文学批评固然没有跟上飞速发展和变化的社会现实，但同时也是在代文化受过。

另一个方面，与大众传媒走过的历史轨迹一样，文学也承受着市场经济、消费主义等多重因素的深刻影响。在一般大众视野里，从文学现场之外透视文学，去经典化、市场化、非审美性等等，是普遍特征。同时还可以清楚地看到，伴随着整个社会价值体系紊乱，承担着提供文学价值判断的文学批评，不仅失去了引导创作的力量，也失去了引导创作的能力。

对于当下的文学批评的认识，多种结论，已经成为文学界的共识。文学批评已经失去了自己的专业队伍；文学批评中，文学精神性和审美已经不再是重点，正在被文化批评所替代；

学院批评的兴趣，在于用手术刀理智地切割文本，做出条理清晰的貌似科学的说明，而这个说明其实充当了一个材料，来证明某一理论框架；中国文学批评已经不再说不，除了中国传统文化里，诸如面子等因素以外，本质上说，知识分子已经不屑于充当社会和文化瞭望者的角色；西方批评话语给文学批评带来越来越沉重的压力，传统文学批评已经断裂在历史深处，这是中国文化现代化需要支付的代价和成本，但是中国文学批评话语的自觉，似乎也仍然不是批评家的志趣所在。等等。

这些现象的发生与存在，根源都在整个社会价值体系发生了深刻变化，社会文化系统以及子系统都在各自的逻辑中演化，似乎没有人，也无需有人为之承担责任。中国文化重建，包括即使是文学批评这样一个子系统的重建都面对着如此沉重的历史语境。

没有大众参与的文化、文学、文学批评的重建，注定是没有出路的，而大众参与的前提，则是大众传媒持久的热情参与。所谓的文化重建，有一个前提，即全社会建立在多元化前提下，整体文化意识以及文化认同的形成。没有这个前提，文化意识会更持久地碎片化。从这个意义上说，一个社会文化公共平台的建设，远远重要于作家、批评家个人的文学活动。而这个社会文化的公共平台，已经不再仅仅是纯文学期刊，传统意义上所谓的文学阵地，更为重要的是大众传媒。文学批评的大众化，就是以大众能够接受的话语体系，把以文学判断为主要内容的价值判断，通过大众传媒，播散到大众中去。它的传播必然是由相对小众逐渐向大众延伸的过程。

在文学批评的大众化过程里，大众传媒承担着主要责任。在大众传媒面前，批评家、作家只是批评话语的被选择者，是一个具有专业能力，但并非真正掌握话语权的弱势群体。从这个意义上说，与其说是批评界乱象横生，不如说是大众传媒身处新的蒙昧。在指责知识分子、批评家缺少担当的时候，大众传媒何尝不是沉迷于感官狂欢。所以，整个社会的文化重建，包括了大众传媒对于当下状态的检讨和修正。

文学批评大众化，换句话说，大众传媒对

于文学创造的参与，是大众传媒回到文化重建现场的首要条件。在这一点上，大众传媒必须离开市场伦理，与阅读率、收视率等市场要求保持一个理智的距离，这是一个简单的选择，但在商业社会里， 往往是一个最为艰难的选择。因此，大众传媒时刻保持着对文学的关切度，尤其是对体现为价值给出的文学批评的关切度，这应该上升为一种国家战略，就目前的情况，不能单纯依靠媒体的文化自觉。

从表面上看，大众传媒因为基于市场的选择而忽视甚至放弃了对文学的关注，仅仅是一个对象的选择，但是实际情况远比这要复杂得多。大众传媒这一选择，是从文学生态系统中撤出，造成角色空缺，是文学生存链条中一环的失去。也就是说，是对五四以来形成的大众传媒自身传统的放弃。

五四以来，大众传媒参与了文学创造，以沈从文、萧乾为编辑的《大公报》副刊，团结了当时中国一流作家，并且催生了京派作家群体，这在今天已经不可想象。即使是上个世纪八十年代的大众传媒，文学启蒙者仍然是自领的一个身份。今天，我们站在这段历史之外，审视变局后大众传媒和文学创作之间的关系，可以清晰地看到，大众传媒从文学现场的撤出，不仅仅使文学显得空前冷寂，更重要的是不再负责对全社会进行润物无声、持久的文学启蒙教育，尤为致命的是，停止向社会以多种方式提供文学价值判断，特别是价值引导。

中国作家群体中，大部分人的写作，都有从大众传媒步入文坛的历史。大众传媒曾经有一个复合的文学构成。副刊，在培育所在地域基层作家的同时，保持着与整个文坛对等的对文学把握的视野和能力，而选择什么或拒绝什么，客观上传达了价值。而文学批评（包括图书评论）一度是大众传媒必然具有的内容，直接给出结论和评价。即使是文化的部分，在核心理念上，也与文学保持着相同的节奏。因此，大众传媒的文学评价体系，不单单指文学批评，而单单的文学批评，在离开作为生态而存在的文学整体性以后，也难以为继。从这个意义上说，中国文学批评的大众化，应该建立在对大众传媒文学生态的整体认知基础上。

一段时间里，一个词汇带着保守主义的面孔常常被提及，这个词汇就是坚守。现代化过程，新与旧的问题，总是带给文化群体更多的心灵煎熬。比如有的大众传媒坚守着副刊和批评，有的刊物如《当代作家评论》始终保持价值标准。这里的坚守，常常会被看成保守，如果对文化的属性、特性和价值有一点基本认识的话，就会知道，文化的发展和经济发展不同，更要依赖于与文化传统之间的关系。因为文化传统是历史形成的，有些传统，比如大众传媒的文学传统，就是经历了多种社会形态的考验而存在下来。因此，在激变的时代面前，大众传媒应该有那么一点点心胸，一点点气度，在学会服务大众的同时，也学会服务小众。大众传媒在文化价值理念和发展范式问题上，提倡创新的同时，也应该提倡坚守。

文学批评大众化的目的，就是在大众社会里，重建一个科学、准确的文学评价体系，即一个文学秩序。大众传媒和文学批评家，无疑是最为重要的两个角色。一个社会的文学价值判断，并非孤立的文学事实，它与整个的文化价值联系在一起。一个国家的文学体系里，经典文学的地位是什么？和国家主流价值与核心价值的关系是什么？作为文学之一种，在与大众关系上，又应该以什么样的方式而存在？经典文学能不能成为大众文化生产的主流？市场效果是否是衡量文学的唯一标准？大众和小众是怎样的关系？通俗文学、网络文学等有没有一个可以独立于文学以外的评价标准？文学性即审美特征，还是不是文学具有规定性的品质？在大众的视野里，这些非文学专业的问题，换句话说，是文学涉及到的文化问题已经形成了诸多巨大的困惑。更不要说那些官场文学、打工文学（底层文学）等随着社会阶层变化而产生的与之相对应的文学形式，对于这些文学的认识更超出了当下文学批评的经验。但是，在纷纭复杂的文学生态面前，不管批评建立一个什么样的标准，这标准首先都必须建立在文学这个前提下，这标准之间是真正多元共生的关系，而不是要么东风压倒西风，要么西风压倒东风的关系。

承担着文化重建使命的大众传媒，应当全

面呈现这些问题和困惑，并有能力给出答案，一些问题可能一时没有答案，但是需要公众进行讨论和关注，而不是忽视和长期搁置。大众传媒对文学批评的关注，应该建立在文学整体性上，特别是杜绝文学批评新闻和事件的娱乐化。新世纪已经过去了十年，在经历了十几年的价值体系紊乱以后，许多令人困惑的问题，今天似乎也有了答案。比如，一个社会的经典文学，或者说纯文学，不再像上个世纪八十年代那样洛阳纸贵，随着大众文化的兴起，纯文学的人群在缩小，这是历史发展的必然结果。但是，这不意味着不重要，它仍然是文学金字塔尖部分，是一个国家伟大作家始终瞩目并努力抵达的地方。这个问题关涉一个民族的精神世界建构和保持，而无涉于市场、出版组织的利润和作家个人的富贵。进入大众文化生产的文学，具有开阔的市场、大量的读者，但是利润不是唯一标准，更不能用利润标准替代所有的文学标准。任何一种文学形式，哪怕是来自火星的文学，也要按照审美的标准进入文学序列进行考量。中国现代化过程中，向西方文学学习已经有了百年历史，而文学原创力萎缩越来越成为作家和批评家忧虑的对象，中国作家和批评家如何发掘中国经验，确立中国话语。网络文学强调自己的草根精神，换言之，强调自己的民主权利，但民主权利不是评价文学的标准等等。在这个基本框架下，放弃以发行量、排行榜为衡量标准的惯有思维，大众传媒必须建立一套关注哪些作家、关注哪些问题的文化机制，并把对这些问题的关注，置于与理论价值对应的判断下。做到了这一点，才是参与文学创造的开端，也是最为基本的素养培育，当然也是坚持正确舆论导向的前提。

大众传媒获得了对文学生态的整体认识，与作家批评家形成互动，介入文学现场，就会成为现实。文学批评的大众化过程，并非如大部分传媒人所想象的那样，非读者关注的焦点。文学问题，特别是文学批评问题，因为是社会文化的投影，必然受到人们关注。当然，前提是坚持文学标准，恪守学术良知。更为重要的是，面对纷繁复杂的文学现场，要有起码的理论勇气和保持缄默的定力。因此，文学批评大众化的过程，是一个说出价值判断的过程，这个过程本身就是文化重建。

2009年12月至2010年6月，《辽宁日报》耗时半年，做了一个大型的新闻策划——“重估中国当代文学价值”，在整个策划过程里，全国60多位作家和批评家接受了采访，参与了讨论。这个新闻策划涉猎了中国当代文学创作和中国当代文学批评领域中一系列重大问题，在国内外产生了巨大反响。中国作协主席铁凝专门给时任辽宁省委宣传部部长的张江同志写来一封信，高度评价了这个策划。

在中国大众传媒上，做“重估中国当代文学价值”这样的文学批评，这在中国报纸，特别是省级党报历史上，还是第一次。有诸多的经验可以总结，其中最为重要的，就是在文学批评大众化过程中，如何实现批评话语转换，这是文学批评大众化能否实现的关键。话语转换的关键在于兼顾新闻规律和文学批评现实，采用新闻手段，相对通俗并且准确传达文学批评的专业观点。目光既关注文学事件，更注重文学事件背后的理论解析，这样，在大众化过程中，传媒的文学批评才能建立权威性和公信力。

文学批评的大众化，并不是远不可及的目标，只要努力，具有一份起码的文化承担，就会有一些优秀的批评家站到传媒的身边来，就像前面所回忆的《大公报》的情形一样。在《辽宁日报》重估中国当代文学价值过程中，凤凰网、新华网、人民网、中新网、中国文学网、新浪网、搜狐网、中国当代文学网等各大门户网站，作为大众传媒，给与了持久的热情关注。各大网站作为新兴的大众传媒，比传统大众传媒表现出了意想不到的敏感，特别在对文学批评专业问题上，相对于传统大众传媒，它们显示了自己的专业素养和专业能力。如果大众传媒都能培育这样的能力，文学批评大众化则为期不远。

原载《当代作家评论》2011年第2期

# 传统有三张面孔

## ——辽宁60后书法艺术家群体透视

最近，胡崇炜新书法专辑由《中国文艺家》杂志社作为特刊编辑出版。专辑里收入他精心挑选出的三十七幅作品，同时配有书法创作体会、随笔若干，包括临帖心得。

书法家与画家不断推出作品专辑，成为阶段性总结创作、向圈内圈外推介自己的常见方式。我的书架上，这类作品还有很多。比如篆刻家甘海民所赠《吟庐印艺》，由辽宁美术出版社出版。书很有意思，里面只有海民先生的照片和简介，余者全是作品，没有前言也没有后记，未作任何说明。王丹的作品集最多，书法集、篆刻集，又单独结陶印集，分类更细一些。在一本陶印集里，和胡崇炜的做法类似，从如何弄陶土开始，他很细地描述了制作陶印的过程，文字详尽到可以看成是陶印工艺的完全说明。

二十世纪八十年代开启的是辽宁书法“九畹”时代，其后则是五十年代生人创作活跃时期。而现在，胡崇炜、王丹、甘海民、马秉枢、武威、王荐、董文广等六十年代生人的群体已经成为最为重要的创作力量，不仅常在全国范围内获奖，同时形成了各自市场号召力。当然，按照出生年代对艺术家群体进行分类，显得简单草率，正如当下的70后、80后等说法一样。但是六十年代生人的书法家群体，在文化上形成的一种特殊风貌引起了我的注意。概括地说，即他们和书法文化传统之间，解除了惯有的紧张关系——不仅仅是与传统握手言和，也不仅仅是找到了回到传统的路径，而是触摸到了传统的真义。

书法艺术十分特殊，它的发生建立在汉字、笔墨与宣纸之间，从材料的意义上说，可以革新的余地不大。相反，自来水笔广泛使用以及汉字简化，使书法无法从日常实用书写活动中得以哺育。而随着电脑出现并普及，汉字与书写者之间产生了技术性隔膜，书法则更成为一项孤绝的活动。

要素的规定性决定了书法的命运，只要写，就一定要从传统中汲取滋养，并在创作中一点点寻找书法的“现代性”，这是确认无疑的道路，也是唯一的道路。但是对于年轻一代的书家来说，究竟什么是书法传统，这个传统与整个中国文化传统关系是什么，等等，都不甚了了。在激烈的现代化过程里，传统的面貌越来越模糊，但传统又似乎明晰地存在着，至于怎样吸收传统中哪些优秀的要素，怎样在笔墨和线条之间寻找书法的当代形式，这些因素交织一处，构成了一个复杂的难题。

在胡崇炜、王丹、甘海民的创作中，可以看到对于书法传统的一份虔敬。胡崇炜曾经向我描述过自己从书法学习班开始的临帖活动，这个活动，是成为书法习练者的必修课，也是接触书法传统的第一课。中国书法传统的精深，通过线条传达出来，线条本身充满了技术性。学习书法的道路不好走，在于大多数人获得技术性之后，仍然没有获得书写的精义，就会怀疑选错了入口。

从临第一张帖开始，二十多年以后，已经

成为一位重要书家的胡崇炜，在创作的同时，仍然坚持用大量时间临帖，这是一个就连学习书法的人都感到匪夷所思的习惯。从学习传统这个角度看，王丹很幸运，很小的时候，就师从著名书法、篆刻家李世伟、沈延毅先生，后来相继在大康、韩天衡门下学习。他最初的学习方法，具有旧式的学徒性质。今天，在学习书法的人中，这种传承方式已经不常见，但是我认为这是最为有效的学习书法、篆刻技术的方式。

今天，书法家（包括画家）最为困惑的问题，不是如何获得炉火纯青的书法技艺，把王羲之临得更加王羲之，把《祭侄稿》写得连颜真卿自己都搞不清哪个是自己写的，而是究竟怎样获得使这些线条充满神韵、生机，美感充溢的能力。这个能力究竟是什么？

书法根植于中国艺术精神，这艺术精神又是文化的内涵。书法是传统的艺术家们涵养文化精神的方式，是个人修身的手段，作品是文化精神的结果，从这个意义上说，技术不是孤立的，相反，技艺的嬗变往往被看成是文化精神变化的结果，而不是技术本身——这就是为什么，技术变化的总结常常成为描述书法历史进程的依据。宗教与哲学等等，这些文化的发生都是围绕着生死爱欲展开。池田大作认为，中国人最早掌握了理性精神，而诗歌、书法、文人画，是艺术家们生命认知的方式，特别是在与自然的互动之中，成为人生获得超越性的方式。在这种超越里，彻悟了生死、解构了欲望，摆脱了物质的羁绊，获得了心灵自由。所以，这一点可以看成是，艺术家通过知行合一的方式，对于天人合一状态的寻求。

从另外一个视角看，这种书法创作所赖以存在的艺术精神，经历近百年的现代化洗涤，正在不知不觉间流散。同时，在传统与现代的两元对立中，传统的内涵正在经历变化。在现实层面上，传统文化被消费的、感官的文化解构，欲望不再是文化上的消解与超越对象，满足欲望成为生命与生活的合理选择。学习书法的人，正在经历这个已经发生多年的变化，写字（可以看成是对美的寻找方式）与修身方式发生了分离；书法的技术性与文化背景发生了分离。如果一个人把书法写得很好，而仍然没有精神收获的话，原因就在这里。

胡崇炜坚持不懈地临帖，就是通过对字线条运动技术性的了解，进而触摸线条背后的东西。在书法集的最后，胡崇炜附有一篇重要的文章，题目为《线条、生命和精神——书法传统再认识》，他这样写道："研习和不断思索这些先贤们流传下来的经典法帖和艺术思想，是我们把握传统精髓的必由之路。……所谓传统精神，就是那些传统中能带给我们某些营养的东西，而不是历史尘封的某些外壳。……继承传统，抓精神还是抓形式，这关乎传统继承的成败。"值得研读，而欣赏他的字，可以看到，书法传统中的美是如何流溢到他的笔端的。

获得并保养一份自由、沉静的精神，变得至关重要，胡崇炜在自己的房间里能够得到。王丹在离锦州市区较远的山里，盖了一幢工作室，取名"虎溪窑"。在那里，王丹创作，写字、烧制陶印，或者与朋友把酒临风。内心的静与远是艺术家观察生活与创作的必要条件。当然，这份静与远在闹市区里，也能获得。甘海民家里，有一对很好的音响，淘碟（CD等）回来赏玩，是生活中附带的重要内容。坐在朋友中间，很难相信，这是一个生活在物质城市中的人，他内心的冲淡、细腻，精神的饱满与雍容，在印章上得到了对应，印如其人。显然，他们都如此深地浸泡在自由的艺术精神之中，找到了并守着各自的方式。

一般来说，写字的人苦苦期待的是，在经历艰难的研习之后，能够在书法的江湖上，以自己的个性，确立自己的风格，张一面自己的旗帜，并始终为巩固捍卫自己的风格（风格即地位）而努力。很奇怪的是，胡崇炜惧怕这一点，他说，我们所看到的书法传统，是一个丰富开放的体系，在创作过程中广泛地寻找美感，把自己的精神体验在线条的流动中释放出来，这是书法的目的。个人风格具有两面性，确立了也就被束缚了，确立风格不是目的，否则书法就会堕入功利主义。很有趣，从写北碑开始，即在北京办个展的王丹，多年里，尝试了多种书体的写作，如楷书、行草，今年初见到他的时候，他在写汉简。写字的同时，他制印，先勒石，后来制陶印。字与印都有影响，而以陶印闻名天下。——时刻找到最有表现力的方式和材料来表达美，既是起点，也是终点。

与开放的书法传统相对应，胡崇炜、王丹、甘海民等选择了开放的创作方式，这种开放的态度，使之与传统之间形成了一种互动，这时，传统则不再是死的、固定的东西，而是时时能够生发新意的存在，只要潜心揣摩，则日日常新。前文说过，胡崇炜把临帖心得写出来，附在作品集后面。去年，王丹兄在赠我新作中，也把制作陶印的工艺和盘托出。这都不是一个孤立的现象，除了他们个人胸怀因素以外，还意味着对传统的开放性有深刻的体悟。

最近，读到崇炜未发表的新作《“今楷”发展的立足点浅谈》，颇有心得。书法界有人提出“今楷”的概念，欲为当代楷书作一个总结，显然，“今楷”一说如果能够成立，则说明一种当代努力与成就。胡崇炜的观点是：不必对“今楷”的存在提出质疑；不必划定“今楷”的所谓定义。我想他的结论是，一种书法阶段探索后的自然定性，是实践的结果，不是硬性的结论和定位。他的潜台词是：写就是了。

——“今楷”的事情实际上牵扯着书法的现代性，即创新问题。怎么创新呢？直接用颜体的笔道，写英文词句？书法创新，不是与现代要素的简单嫁接，而是立足于传统，带着当下的意绪，写下符合当下人们审美需要的文字来。胡崇炜选择的大方向是章草，其实这个方向并不讨巧，原因是对于观者来说，看得懂，易习练，好接近，其中暗含了通俗的要素。但是越通俗的书法形式，往往越难写，但是，这也是一条能够通向当代生活， 并获得认同的道路。

一个书法家关注创作活动中书法历史语境的变化，就迈出了创新的第一步。如果仔细揣摩王丹的陶印，就会发现，他一方面追寻着秦汉篆刻的“古味儿”，同时，连印钮的制作都绝不马虎。前者是作品的内核，承载了厚重的内容，外饰可以看成是包装，是整个作品被认同的阶梯，直接抵达当代人的审美习惯，这是否就是实现现代性的条件？值得深思。

胡崇炜、甘海民、王丹等生于六十年代的

艺术家，创作活动大都起步于上个世纪八十年代初。在思想解放、文化启蒙的大环境中，获得了向传统学习的机会。奇怪的是，他们生于六十年代，却和五十年代出生的艺术家不同，在他们身上，没有书法传统与现代性的激烈冲突，当然也无需做出非此即彼的取舍，这是因为，他们没有亲历激烈的文化革命的缘故，以至于在传统与现代之间找到了一种新的关系。这份偏得是历史给予六十年代生人的。

传统至少有三张面孔：一是有形的，书法理论语碑帖、书法家手迹等；二是无形的，书法背后的中国文化精神； 三是无形的、开放的、变动的。在上述艺术家身上，这些都可以看得到。创新的希望就在这里。

原载《辽宁日报》2008年12月22日“文化观察”版

# 笔墨还乡

——写给好友、画家程健的话

一幅名为《春风将至》的国画，自2002年起，连续给程健带来了一系列荣誉。包括使他获得全国第三届青年美展的优秀奖——这一国画的最高荣誉（2008年）。这一作品获奖，本身就是一个耐人寻味的文化事件。

——《春风将至》所表现的，只是中国北方早春的土地上的一块玉米地。去年的玉米梆子，仍立在田垄上。春天来临时，中国北方的乡下父兄，会带着镢头，将之一一刨起，敲净根茎上的泥土，将之拢在一起，点燃。蓝色的烟会在北方春天澄明的天空里袅袅散开。而火烧过的泥土，则像一块浓墨。随后，第一场春雨就会来。程健落笔的时候，春天没有到，还在路上，不知道还要经过多少曲折。田垄仍盖着冰雪，但泥土已经裸露。那些冬日的雪，在阳光照耀下，已经成为硬硬的一层，仍然洁白。它似乎带着和画家程健一样的心情，等候着春天。不知道有多少人能被这样的作品刺痛——土地始终在年复一年，岁月轮转中，许多沉重的生命期待，痛苦中杂糅欣喜。

之所以说这幅作品获奖是一个耐人寻味的文化事件，是因为此前的第二届青年美展，获奖的作品是罗中立的《父亲》，画的是一个满面皱纹的中国农民。作品既是写实的，又暗含了丰富的隐喻性——中国农民就是整个民族的父亲，代表了我们的文化身世。十多年过后，《春风将至》获奖，意味着中国现代化背景下，乡土这一沉重主题仍然如此直接地击中人们的心灵，仍然被那么多目光深切关注。——在日渐凋敝的中国乡土这一文化母体上，如果自然、大地、普通而有尊严的生命，以及在其上建构的生活方式，已经不再是未来精神世界建设——文化重建的基础，我们将魂归何处？在一个民族的想象里，现代性，像一颗晶莹而饱满的稻米，而它的壳是不是我们曾经赖以生存的乡土与大地？却成为一个疑问。所以，《春风将至》获奖在文化意义上，切入这个延续了一百多年的沉重命题。

从生活轨迹来说，一个画家个人的现代化，就是往城市里走。当然，往城市里走，只是一个象征，根本上是为了获取现代性，走进现代文明里。程健出生在辽宁北部乡下，其创作呈现的一切，都是关于乡村的深刻记忆。他握有记忆，同时被记忆掌握。尽管离开老家，生存环境几度变化。但是，在一件事情上，他从来没有迟疑过，那就是不管在哪里，他寻找创作灵感的去处只有一个，就是乡下，自己的老家。后来，他将这个范围逐渐打开，去和自己老家一样的地方，也是乡村。那些地方是另外一些人的老家。

老家，有我们没有发现的东西，老家有没有被我们打开的窗户——一块仍然蒙雪的、中国北方的玉米地，正在等待春天的来临。《春风将至》的画面上没有人物，也没有确切的背景，只是一块玉米地——在中国画的历史传统上，似乎没有作为孤立表现的对象。而将类似的场景作为表现对象，是程健“土地”系列的一个鲜明特征。《金色晚霞》画的是北方大地上的高粱。秋日，在起伏的丘陵上，满野笔挺的高粱高举着红色的穗子，随着地势起伏，由远及近。一团一团的红，不够鲜艳，但足够凝重，仿佛满山乡民在夜里举起火把。《五谷丰登》表现的是乡村更常见的景象——也是在绵延起伏的丘陵上，春天的玉米地里，棒子斜出，顶着红色的绒毛。金黄的田野上，仿佛岁月的激情已经退却，玉米叶子开始现出土黄，太阳光已经在玉米身上销尽，如怀抱孩子的母亲，沉浸于爱，以至于毫不在意自己的姿容。《早春雪霁》是一幅更容易直接闯入心灵的作品，他描述了弯曲、纵横交会的村间土路的一个局部或片断。也是雪覆盖了村庄，在白杨树、柴火堆、栅栏、草垛之间，蜿蜒的小道，不厚的白雪已经被踩开。因为是春雪，落到地上时，就带了湿度，覆盖在村庄的时候，有些重。画面里没有房屋，也没有人物。但是，一头毛色黄白相间的黄牛在栏里抬头。只要有那么一点点的乡村生活经验，就会注意到，小道上的雪已经开始湿化，那是乡民们袖手走过踩出的。而现在，黄牛抬头了，那条小道上，我们看不见，但是正有人走来，雪地上沉闷的咯吱声，由远及近。

能够将一块玉米地、一条村间小道写入宣纸的画家，当然是一个找到了绘画题材的画家。但是，让他找到这个题材的，是感情、经验和回忆，而本质上是哲思。哲思是生自心灵的一束强光，照到了那块等待春天的土地上。

穿过纷繁复杂的、诱人、动人、一层又一层的现实生活迷雾，程健已经笔墨还乡。在整个过程里，他没有精神的挣扎和疑虑，没有承受这个消费时代强加于他的其他种种物质困惑，所执着的，只是如何营造自己饱满丰盈的心灵，并为这个心灵找到一个寄放之所。显而易见，程健的笔墨还乡，不是中国乡村之旅——在大自然和土地上，寻找美的符号，回到画室里，画出第一笔自己想象的乡村。他的还乡也不是简单的文化寻根之旅——文化寻根很容易将乡村生活与现代生活，建立在新与旧、先进与落后的二元对立思维模式里，文化寻根最大的危险，是容易生成对现代化生活的排拒情绪。程健的笔墨还乡，富有多重含义，是个体精神和乡村文化之间一次次的相互印证、相互发现、相互打开、相互滋养。程健的创作，体现了对乡村文化的整体性认知，更是对超越乡村文化意义的美的发现与言说。

在许多人那里，今天的乡村大地，仍然在四季交替中一枯一荣的乡村大地，已经失去了往日的文化力量。她理想的天人合一的美好，只是一段永劫不复的残梦，一曲挽歌。但在程健的笔下，一个完整、美好而和谐的乡村，却越来越清晰，越来越带着炙热，现代化、城市化，并没有销蚀她的独立的美和活力，相反，她以从未有过的真实逼视着我们。这本质上，已经成为一个画家文化信仰的表达。程健还乡的笔墨，不是对与自己已经产生血肉联系的乡土，作修饰性的描绘，在他那里，笔墨已经洗尽铅华。在笔墨和所表现的对象之间，理性和抒情性已经一点点消失，他的笔墨直接抵达了他所描绘的事物本身，这里展示的不是工笔画技术的精纯，而是画家呈现事物的完整性和准确性。在真实之上，不动声色的画面表现，却洋溢着巨大的抒情性和冲击力。

程健的还乡笔墨，形成了一个开阔的精神空间，以至于我们不能用乡土或乡村题材来为之冠名，也无需简单地把他归入哪一派。他所展示的精神取向，是一种从自然、乡村和沉淀在中国乡村的传统文化中汲取的最美好的部分，其价值超越了苦难、价值真空、意义缺失等时代背景下的笔墨叙事。我们可以清晰读懂，他的笔墨来自乡土，但精神却向未来打开。

画家笔下展示的，当然是画家丰富的内心风景。除了“土地”系列之外，程健还有一个更具个性的叙事，即一直在画的“童年记忆”系列。这个系列和“土地”系列一直并行，相互映衬。但“童年的记忆”更弥漫着诗意，像一个画家的手记或日记。“童年的记忆”叙事，每一幅更像是真切、清晰的梦境描绘，当然，程健也在准确描绘细节，老房子、红灯笼、红纸对联，仍然不去置放一个人物于其间，但是从整洁的村路，和踩开的雪地上看去，生活仍然继续，并时刻没有中断。有的童年记忆片断，脱开具体物象，比如风雪和主干低矮、粗壮而旁枝茂盛的大树，每一个小枝都遒劲地伸向空中。我注意到了童年系列的背景问题，显然程健的功夫，下在了大量的细节勾勒和点染上，但更在一层层的着墨上。我想这个系列，都不是一次性着墨而成，干湿浓淡，显然不再是首要考虑的问题，不同程度的墨色没有成块状，而是一层加上一层，整体上相互浸染，为画面拓展了纵深。在这个纵深上，童年记忆的全部细节，都蒙上喜悦、忧伤、沉郁、古远、神秘等复杂情绪。这个系列是程健笔墨还乡的有力补充，使“土地”系列的公共叙事与“童年的记忆”的个人叙事相互依托，形成了一个很大的富有张力的语言空间。

或许有人会说，程健的还乡笔墨，是一个孤立事件，特别是在中国文化传统式微、中国画笔墨意趣丧失殆尽背景下。有人也许会说，时代的主题已经发生变化，我们还要还乡、还能还乡吗？——和艺术，乃至文学门类一样，中国画面临的深刻问题，不是在“千年未有之变局”上，如何汲取西方的技法问题，而是在不可避免的文化碰撞中，如何重构中国画的文化主体性，如何用中国的笔墨去认识社会、解读生活、拥抱时代，这已经远远超越了技术层面。陈独秀对中国画不管带有多么深的成见，但他所倡导的“美术革命”所必需的“写实主义”和“写实精神”，所指向的中国画和现实之间的关系，仍然是今天中国画需要解析的课题。尽管在后来的实践中，这没有得到很好的解决——写实主义作为政治工具而出现，被政治和文化运动一次次推离自己应有的文化轨道——这使我们明确地知道，所谓笔墨的当随时代，并不是简单地附和政治需求。

陈独秀倡导“写实主义”和“写实精神”，不是对中国绘画传统的否定，我认为他只是针对了中国文人画的传统，如果没有中西文化的激烈冲撞，文人画的传统仍然在传达中国哲学韵致，仍然会安抚我们的心灵。但是，在激烈的文化冲撞面前，在壮阔的大时代面前，中国的文人画，如果只表现一叶知秋、寒江独钓、劲竹当风这些个人修养，已经远远不够。梁济、王国维等唱出了中国传统文化的挽歌，但是挽歌过后，历史没有终结，生活还要继续。

中国画的命运，是中国文化命运的一部

分，五四以来，所有的诘问全部落在它们的身上，“湖社”以及后来成员的遭际，就是中国画曲折命运的一个典型缩影。但是，值得庆幸的是，中国画的传统没有终结，它们仍然在狭小的时间缝隙里，散发着古幽的芬芳，像田野中的茉莉。

今天，一个道理似乎已经明了：中国画的现代化，不是改变散点透视的技法，也不是必经石膏像素描，更不是更换绘画材料。而是还乡，对文化和自身生命的再认识。海外学者对中国文化有这样的判断，他们说，在今天中国人的生活中，实际上有两种文化形态，一个显文化，一个潜文化。所谓的潜文化，就是中国的文化传统，这个传统在我们的生命中，早已打下深刻的胎记。在急速现代化的时光里，在现代生活光鲜的外表下，掌握我们日常行为的，仍然是传统文化价值系统，我们的悲欢体验，仍然在这个价值坐标上生成。文化历史记忆的断裂，使我们没有意识到这一点，意识到的人，仍然在懵懂之中——我们忘记了自己的出身，就迷失在遥远的未来里。

今天的中国画不是没有古典样板，酒酣耳热之际，程健兄多次提到张择端的《清明上河图》。他认为一个画家应该画出那样的作品，清新、刚健，记录一个时代，记录那个时代里，历史与生命的热度。他没有说出的话是，画出这种作品的人，必是浸润了时代精神，必是蹲在普通生命之间，用平等甚至卑微的画笔，描述了一切。没有那种完全抛弃了自身文化传统的现代化，我们所需要的，只是对自身记忆的深刻回溯。回溯之时，我们带着同样的文化尊严和自己的文化身份，与世界劈面相遇，这是一种文化上的殊途同归。

今天的生活是否阻隔了我们回溯传统的道路？如果阻隔了，那只是阻隔了多数人的道路。好在艺术的历史上，总是有非凡创造力的人，带领身边同道回溯传统，了解自身，了解笔墨的奥秘。而回溯传统最为直接的路径，就是重返民间，就是笔墨还乡。笔墨还乡，就是与自然相拥，与大地谋面，就是倾听旷达的生命态度，就是低下姿态，贴近微末的生命，就是相信，我们乡土之上的一切生活，都是值得的、有价值的生活，值得我们像草芥一样，为之在风中起伏。我们的文化身世，留给精神世界的，没有屈辱，更没有耻辱。一个画家的使命，就是对美的精神世界再发现，也是文化记忆的重构。

笔墨还乡的方式，没有别的，就是把心灵像作物一样，植入泥土。这些年里，程健兄的脚步，就是烙在长满向日葵的乡野里。——没有文化的自觉，中国笔墨就没有希望。中国笔墨的文化自觉，就是一场突围后的还乡。从那里，画家程健，自然会拥有一份生命和文化的尊严——这是中国画希望所在。如果需要更大的希望，中国则必须有一场新的新文化运动，它所涤荡的，是百年来的文化失败主义情绪，是弥漫在那些笔墨里的拜金以及人格萎缩倾向。只要有人笔墨还乡，这场革命其实就已经发生——从程健的笔墨和身影里，人人都会看到。

程健是一颗饱满晶莹的稻米，他找到了自己的壳。

# 究竟是什么感动了我们?

话剧《矸子山上的男人女人》，参加了中国话剧百年诞辰暨第五届全国话剧优秀剧目展演，在北京引起了轰动。这里，确切地说，所谓的轰动是因为引起了心灵的感动。在创意横行的语境下，轰动容易，但感动难，因感动而轰动则更难。

在艺术创作投身大众狂欢的时候，眼泪则变成奢侈的事物。流行的艺术只是教我们欢笑或者畅笑，笑出来的眼泪也是眼泪，那是面部肌肉紧张运动的结果。因感动而流的眼泪不同，它通过了灵魂，就像大雨洗过天空。

三月，今年最大的那场雪后，在沈阳中华剧场，我有幸观看了《矸子山上的男人女人》的首场演出。演出如此特殊，尽管那时，舞台上道具还没有调试到最佳状态，时间拖了一些，但我注意到周围的人，自始至终都默坐在那里，仿佛在没有任何思想准备的情况下，劈面遇上久违的泪水。

## 一个被时代风尚遮蔽的人群

矸子就是煤矸石， 煤里的石头， 被弃置在煤矿附近，久而久之，堆积成山。矸子在采集过程中会夹带着煤，所以就产生了从煤矸石里拾煤的新工种。逐渐，矸子山上就有了简易工棚，渐渐地，工棚就有人住，上面就有了棚户区。

在时间中不断堆积的矸子山，同时也有了不断堆积的生活史。拾煤不是技术工种， 因此，工人大多是女人，隶属于性质为集体企业的公司——话剧故事起点基于这种真实。

许多人都不知道矸子山是什么，当然也不了解这个群体，这不奇怪。

——因矿山而形成的集体群落处于城市文明和乡村文明的边缘地带，而矸子山的人群，则处于矿山的边缘。当矿山资源枯竭，工人面对就业与生活的问题时，最终，他们做出的谋生选择，还是要么向城市靠近——自谋职业，卖馄饨、蹬三轮等；要么效仿乡村，搞起养殖业来重新建设生活，养羊、养兔等。

生活中止了一下，然后缓慢地重新启动。话剧告诉了我们，计划经济带给他们的荣耀和生活的永恒感、安全感消失后，压力和痛苦不仅仅是物质的，尽管表现为物质层面。

舞台设计在记者心里留下了深刻印记——巨大的矸子山占据着舞台，在观众与山之间，只是一个狭小的过渡带，挤压感因而产生。矸子山上巨大的天吊，作为象征，像逝去的生活骨架。场景转换时，只是在矸子山上升起三个简陋的屋子，棚户区的符号确定下来。

而附着在矸子山、天吊、棚户上的生命——男人女人们在天吊发出的巨大声响里，呼喊着跑上矸子山，捡拾煤块。——从这里开始，话剧全面打开了这个群体的面貌。肮脏的环境、毫无色彩的工装、劳累沧桑的面孔、变形的手指、压力重重的家庭，不美，不轻松，也没有时尚的元素，只是比我们经验更重的生活。

该剧作者李宝群带着我们去看那些个体难

以直面的生活现实，为什么我们难以直面？时代已经发生了深刻的变化，如果我们像剧中的人物一样，正在亲历这些生活，那么这个过程就会变成一块不愿意被揭开的伤口。同样，如果我们是一个和李宝群一样的剧作家，就会循着这样的心态和需求，让自己的目光放在娱乐和目标上。这就是为什么文学与艺术作品，是市场的、搞笑的、快乐的、感官的、远离内心世界的。

话剧把我们领进了这个被社会生活和时代风尚共同遮蔽的人群。李宝群要告诉我们的是，在巨大的现实差异面前，我们与这个人群很多方面是相同的，比如爱上一个人，我们都会羞涩；手总摸煤矸石的话，我们的皮肤都会粗糙。如果一个作家不摆出救赎者姿态，就会发现诸多的真实。——当我们真正面对真实时，爱、悲悯都会被唤起，随之而来的是生活的勇气。

如果我们还需要精神的洗礼，就要面对这样的事实。

## 一条被发现的精神纽带

感动是因为有了审美，悲伤也是感动，但是与悲伤伴生的悲悯离审美有一段很长的距离。——直到剧作家为我们找到了一条连接这个特殊群体的精神纽带。

“在社会学里，我们常分出两种不同性质的社会，一种并没有具体目的，只是在一起生长而发生的社会，一种是为了要完成任务而结合的社会。前者是有机的团结，后者是机械的团结。”——这是费孝通在《乡土中国》里对社会形态的描述，这个描述进一步结论是：“前者是礼俗社会，后者是法理社会。”

矸子山上的群体，显然区别于乡土与市民社会。大工业生产的背景下，生产流程的枝节部分，人们是因为生产活动“机械地团结”在一起。按照惯常的理解，当生产活动停止，团结的机械性也就随之消失。

可是，在这部话剧里，我们惊奇地发现，在人物个体之间，还存在着一种我们所不了解、也不熟悉的深刻联系。这种联系既不是

"礼俗"，当然更不是"法理"，而是一种在共同面对生产活动压力的过程中，通过生命的交换而结成的超越"礼俗"和"法理"含义的精神联系。——我相信这就是李宝群在精神层面上所寻找到的矿工文化，它通常被掩盖在粗鄙的日常生活里，一旦显现，就会迸发出人性的光芒。

在话剧有条不紊的叙述里，这条精神的纽带不时地出现，用来消除观众的疑虑，它告诉我们的是，我们不能用当下的个人生活经验来推断剧情是否合理，因此，这种特殊的"矿工文化"成为作家预置的理性。

话剧里，矸子山上只有一个男人，即宋国锋扮演的秦铁柱。其余全是女人。他是这个女子捡煤队的党支部书记，能力不大，但为人热情，说话有些不着边际，所以，他有一个外号：秦大咧咧。

矿山停产后，秦大咧咧努力安慰生活陷入绝境的女工们，并想尽办法帮助她们渡过难关（他甚至把母亲的私房钱拿出来分给女工们，谎称是矿里的补贴）。他鼓励女工们重建生活，为她们跑营业执照，受了委屈也不在乎。

——我所说的精神纽带，体现在他和捡煤队队长、劳模佟丽之间的关系上。佟丽的丈夫死于矿难，她多年来和哑巴女儿生活在一起。剧情展开以后，这个纽带开始呈示，我们于是知道，佟丽的丈夫是为了救秦大咧咧而死。一个生命的消逝，让换回来的生命自觉对逝者的亲人承担起责任。

还有托孤的故事。亮亮，捡煤队里最年轻漂亮的女工，父亲死于矿难，临死的时候托孤秦铁柱。——托孤，这死者与生者之间所传递的责任，使秦铁柱不能有丝毫懈怠。亮亮在夜总会谋生以后，秦铁柱始终想劝她回来，为此被矿区的煤窑主报以拳脚。在亮亮“就是死也要死在城里”的坚定语气里，铁柱最后也没有放弃。

在生命交换所确立的关系里，责任、怜悯与爱交融而生，并延及整个人群。大咋呼的丈夫死于矿难，平平的丈夫大林伤于矿难。——当这个群体陷入困窘之时，精神纽带起到了至关重要的作用。李宝群在话剧里所预设的“矿工文化”是一个背景，是在矿工面对特殊工作环境的历史中形成的。人们在那里已经结成了具有“礼俗”意味的关系，但是李宝群通过秦大咧咧告诉我们，即使有礼俗的意味，但却是时时被超越的——因为在生与死的选择上，剧中唯一的男性秦大咧咧，在自己与佟丽的婚礼上，听说三姐的丈夫黑子在矿山出事了，便抛下佟丽与女工们，去救人。

就这样，秦大咧咧用自己的生命换回了黑子的生命。他爱佟丽，只是因为佟丽的丈夫是自己的救命恩人，所以他一直在说服自己打开这个心结。但自己苦苦等候并得到的幸福，在另外一个即将失去的生命面前让他选择，他做出了一个矿工的选择。

被救回的黑子跪在秦铁柱母亲的面前，他的生命里从此多了一位母亲。

这是难道不是一个文化的发现?

## 一个对生命尊严的诉求与承诺

记者请李宝群谈一谈他在矿区体验生活的

感受时，他正在北京修改这部话剧。他告诉了我他的博客地址，说所有的感受都在那里。

他的采访与体验的记录是从2005年开始，那是矿区生活的直击与实录，在那里，很多难以想象的生活进入了李宝群的视野。的确如此，走进棚户区，艰难与窘迫是最为直观的印象，而走进棚户人家的内心世界，路还很长。——2006年，我随几位作家一起去抚顺棚户区采访，看了棚改新区里的家庭，也去看了正在等待改造的3万平方米以下的棚户区。在一个人家里，除了贫困以外，在他的屋檐下，有一个低得伸手可及的燕子窝，可以想象着燕子往来其间的样子，心里有一种别样的温暖。在另外一家，门上挂着一个小圆镜子，显然是想把不吉利的东西反射出去。

——不管在怎样的生活环境里，对美好生活的渴望从来没有停止过，在那一张张面孔上，困难遮掩不住乐观与向上。

弱者的奋斗与向上同样也是弱的，但如此撼动人心。——我至今还没有看到哪部作品能这样，有如此震撼的表达，显然，李宝群在那个群体的生活和心灵中走得很深，也很远。

李宝群所了解的“矿工文化”里，还有一个重要方面，即生命对于尊严的顽强诉求，尊严的存在与保护，是这些生命自我认同的方式。

梅三姐与丈夫黑子在生活的巨大压力下，依然小心地守护着自己的爱情。三姐是位京剧演员，嫁给黑子以后，成为了捡煤队一员。为了不让妻子受苦，黑子到黑煤窑务工，冒着生命的危险，来维系做男人的尊严——爱情，成为岁月中温暖心灵的唯一事物。

而大家之所以不赞成亮亮去夜总会谋生，是因为在他们看来，去就意味着丧失尊严。大咋呼爱着秦铁柱，火热而直接。但知道秦铁柱与佟丽结婚已经成事实时，在哭泣中表达自己的祝福。

剧作酝酿、写作，正是在全省棚户区改造这项民心工程、德政工程开始实施、不断推进并取得辉煌成果的过程中，5万平方米棚户区改造结束后，3万平方米以下棚户区的棚改开始。这项落实科学发展观，以人为本，构建和谐社会的重大举措，是这部话剧的背景。

显然话剧未加掩饰地呈现了棚户区工人生活的艰辛， 以至于让在场的观众感受到了沉重。可是棚户区改造、零就业工程作为背景不断在话剧中出现，不断得到强化，犹如渐渐强烈的光芒洞穿了笼罩这个群体上空的阴霾。在最后一场戏里，整个舞台上，简陋的棚户人家过着最后一个春节，在春天里，他们就要彻底告别这里，住进楼房，重新就业。人们在灯笼的红光里，幸福就这样到来。——让人为之动容的是， 棚户区人们的生活就这样被彻底改写，在他们喜悦的面孔上，能直接读出以人为本的含义。

《矸子山上的男人女人》所讲述的是弱者的奋斗与对弱者的扶助，一方面是个人不断的生存诉求，一方面是党和政府的庄重承诺。而作为艺术的话剧，所开掘与发现的是群体精神层面的价值存在。诚如导演查明哲的手记所说："生活教会我们，更可贵的是平凡、自强、尊严。" 不中断的对于尊严的诉求，打开了隐含在工人群体中的文化。文化是个体对自身的承诺，只要文化价值还在，生命、人性的光辉就在。——这是构建和谐社会的精神与文化基础。

在这部话剧里，能看到这种光辉，弱者的人性光辉，竟如此动人。

原载《辽宁日报》2007年6月4日

# 在传统与现代之间

## ——余光中先生访谈

### 人生回首

**丁宗皓：**余先生，您的诗歌与散文早为人们熟悉，但大陆的广大读者对您的经历所知并不详尽，请您谈谈个人青少年时期的家庭情况、个人成长经历。

**余光中：**我1928年生于南京，父余超英，母孙秀君。祖籍是福建永春。我父亲是闽南人，在政府侨务委员会任职。母亲是江苏人，江南对我深有影响，我舅家的人与我相当亲，我在感觉里也是一个江苏人。我没有兄弟姐妹，小时候一直很孤独。

抗战时期，我正在读中学，不久就开始流亡，在沦陷区逃难，最后到了四川重庆的乡下才安顿下来。我在四川一共呆了七年，直到抗战胜利。那七年里，我是听着嘉陵江水的涛声度过的，所以我们不是四川人，但我们讲四川话，那时，我开始写一点诗歌。

抗战胜利后，我于1947年毕业于南京青年会中学，同年入金陵大学，后又转入厦门大学。1949年夏天，我正读厦门大学二年级，因战事关系到了香港，住了一年。在香港的一年里，没有书读，我很苦闷。在香港那种环境中失学，创作无以为继。一年以后到了台湾，进了台湾大学接着读书，这时我开始写作，一直到现在没有中断。

1950年起，也就是大学毕业后，我写诗越来越多，同时在大学教书。1958年我赴美读书，回台湾后在师范大学外文系教书。1964—1966、1969—1971，我又两度去美国教书，1974年我去了香港在那儿教学，一呆就是十年。

## 交 流

**丁宗皓：**余先生，大陆的读者对您的了解很晚，我们是从诗人流沙河先生所编的《台湾诗人十二家》上看到了您的名字并了解您的诗歌的，当时大陆一下子被您以及另十一位诗人的作品震动了。当然您的诗更有魅力。那时我们所惊奇的是，您那么深情地咏唱中国并带着让人迷醉的民族传统文化的神韵，《乡愁》、《莲的联想》等诗为大陆的许多诗作者打开了一扇门。那时是您最早与大陆的接触吗？

**余光中：**1974—1985年有十年时间，我一直在台湾中山大学外文系任教，后来转至中山大学中文系。我写的一些东西对我来说主要产地为台湾、香港和美国。我写的主题是对少年、童年时代的回忆，回忆是一个很重要的主题，这就是能让读者感怀的原由吧。1980年初我开始与流沙河交往，《台湾诗人十二家》于1983年出版，这期间我与流沙河通信。流沙河与我有十多年的接触，直到1996年我应四川大学之邀去讲学才见到他。

八十年代中期，随着大陆的开放，很多作家、学者来过台湾，朱光潜来台湾时已是晚年，辛笛也来过的。台湾曾举办过一个四十年代作家研讨会，大陆上去了十余位作家。

1992年9月我回一次大陆，是应中国社会科学院的邀请作学术交流的。1994年我去苏州大学，上海作家协会接待我，我见到了辛笛、柯灵与罗洛。这些人的名字早在三四十年代我就知道。1995年我曾回厦门大学参加母校的校庆。

这次来大陆有特别的意义，因为我从没有来过东北，这回见到了关外风光。

## 自己动手写

**丁宗皓：**余先生，您出生在传统文化与西方文化在中国交融的最壮阔的时期，您的青少年时代是五四新文化运动结出了丰硕成果的年代，请描述您是怎样受新文化运动的影响而走上文学道路的。

**余光中：**我喜欢诗歌。在我少年所受的教育里，古典文学占了很大的比重。及至四十年代，我就开始看三十年代作家所写的作品，新月派对我的影响很大，闻一多、徐志摩、朱湘、卞之琳等人的诗我已熟读。后来我又看“九叶”诗人的诗，了解了辛笛、汪静之、郑敏、袁可嘉、杜运燮等人的作品。他们的诗歌蛮优秀的。

四十年代与三十年代不同，四十年代充满了波动，前半期还在抗战，1945年二战结束后，内战又起。三十年代作家的那种机会，四十年代的作家与诗人没有。因而，四十年代的作家与诗人没有什么大的名气。

新月派接受的是西洋的浪漫主义，四十年代是现实主义的时代，主张不要乱动感情，要探讨事物的本质与真理，这一点与浪漫主义不一样。

五十年代以后的中国，新诗没有很好的发展，像袁可嘉转而去搞研究了。四十年代很有潜力的诗人将这股诗风带到了台湾去，在五十年代发展成了现代诗。

我去台湾时，虽然只是一个青年，但诗歌传统已在心里，那时我二十二岁。我蛮幸运，如果没有这一段的经验，去早了，会不知好歹，不能判别，新诗的影响不够完整，我是看了何其芳、臧克家、卞之琳、冯至等人的好作品才与大陆脱节的。而台湾文坛那时还是一块未开垦的处女地。台湾不像大陆有那么多文学前辈，台湾没有前辈。而且年龄大的语言都在改变，日本统治时期学的是日文，这时语言上都青黄不接。

## 新诗的局限

**丁宗皓：**请问余先生，您早期在大陆开始诗歌写作的时候，由“五四”新文学运动所带来的文学成果已经相当丰富，您在您的诗歌选集的自序《先我而飞》中谈到那时您已知道白话诗最好能写到什么程度，显然，您已经看到了白话诗的局限。请您谈谈那时您对白话诗局限的认识。

**余光中：**我中学时爱中国古典文学，诗词尤其喜好。这使我投入新诗后，能用中国古典文学的标准来衡量新诗，用大传统来鉴定新诗。

四十年代的新诗与二三十年代的诗歌不

同，较之于后者的浪漫和写实，四十年代的新诗开始用更冷静的眼光看社会，语言运用上有了古典的节制。当时我认为冯至的十四行、何其芳早期的诗、辛笛的诗都是好诗。

新诗的局限主要表现在形式和诗体上，就是用什么体裁和语言来写自由诗的问题。

自由诗是相对于格律诗而言的，“打倒韵文”是闻一多、徐志摩写格律诗时提出来的口号。闻一多认为小诗泛滥，应该有所束缚，后来新月的诗人写出了整齐的格律诗。

我以为这样整齐也是一种局限，我以为艺术的手法有两个基本条件：一个是整齐；一个是变化。诗歌的写作要用功力做到整齐，不然不行。当然流于刻板单调也不行。

变化不能无度，整齐要有常态，这两个坐标怎么调配是对新诗艺术的一个大考验。新月整齐但不知变化，写出来的是四行一段的方块诗。写自由诗的人写格律诗时，误把音乐性代替诗的形式，这就是韵文化。而一旦写自由诗就容易散文化。过分的散文化是不幸的，散文化是新诗的一大特点，也是新诗的一大公害。

## 在传统与现代之间

**丁宗皓：**请您具体谈谈您在写作中怎样避免新诗的这些问题。您所说的这些对于今天的诗界而言仍然是个没有跨越的障碍。内地诗界仍然在散文化的泥沼里挣扎，很多诗人还没有在这个歧路上醒过味来。更糟糕的是许多诗人硬性地将译作的语感与符号直接地移进新诗，用以冲淡散文化的后果。我们愿听听余先生在这方面的高见。

**余光中：**我这么多年写这么多诗体，我不认为它们是自由诗或是韵文。这么多年来我一直想在这两者之间找到一条路。我写得最多的是从头到尾不分段的诗，不分段不能乱成眉毛，我的每一行诗字数都有一个常态，少则九个字，多则十二三个字，差不多一口气念一行。如果长的十二三个字，而短的只有三五个字，换句太短或太长，听觉和视觉上都很吃力，则令读者望而生畏。

诗歌的音乐性一定要考虑，但诗再铿锵，

也比不上音乐，诗是语言的艺术，它的音乐性是附丽在意义上的，李清照“寻寻觅觅，冷冷清清，凄凄惨惨戚戚”的诗句，描绘了人生迟暮的情状，具有强烈的音乐性，音乐性只有为意义服务才是健康的。

新诗要避免过分的韵文化，应该学习中国的古风、乐府诗、歌兴体的诗。李白的《蜀道难》不分段，其中还可以转行，平仄也不十分严格。李白是中国的大诗人，与杜甫比起来，他是个写散文诗的高手，他写道：弃我去者，昨日之日不可留；乱我心者，今日之日多烦忧。其中“昨日之日”与“今日之日”两句从文法上来说是不通的，可他有胆量，他觉得这两句里少两拍不行，不够气派，而多了两句后，则全诗开阖有度，波澜壮阔。杜甫强调格律，因而压迫了句法，倒装句法就出现了。

西洋诗里，由罗马时代传入西方的“不韵体”也叫无韵诗，但它的节奏有个常态。

莎士比亚的作品被称为诗剧，是因为用的是诗的语言，每一行十个音阶。我的诗是无韵体和古风的结合。

韵文化和散文化是诗歌的两极，这必须得考虑。

**丁宗皓**：您的这些话具体地涉及了诗歌形式上的问题，而这一点从未引起诗人们的重视。现在我们所遇到的问题还远不止这些。诗歌的散文化所带来的无度的自由体现在许多方面，比如回行的问题。

**余光中**：回行过度是新诗的一大毛病。古典诗基本不回行，回行要好，要有悬荡感。而新诗没有这样的讲究，看长了就回一下。在古典诗里，一句就是一行，一行就是一句，也就是英语里的“Line”。而许多新诗里，一行并不是一句，有时几行才是一句话。西洋诗句里讲究行与行间的对位，使其音乐性、节奏微妙地结合在一起。

回行多了，让人看起来吞吞吐吐，组织语言的能力有限，话怎么也说不完。总之，回行只能是出自效果的需要，是来自诗歌产生悬荡感的需求。

在诗歌的写作中，没有自立门户的自由，这就像打球一样，不管是桌球还是曲棍球，都要有球规。诗也一样，不能在规则外游戏。

## 浪子与孝子

**丁宗皓：**1953年您与覃子豪、钟鼎文等人创办了“蓝星”诗社，那时您已经有了明确的诗艺上的追求，请问创办“蓝星”的主要目的是什么？

**余光中：**当时成立“蓝星”诗社只有一个想法，那就是反传统。其实那时还有一个心理，就是反现实甚至反当局的文艺政策。那时，政府让人们必须写一些健康的写意的东西。在台湾那么个小岛上，诗人们很容易想到一些文学上的主义和派别。于是我们采取了反叛的策略，走上了西化之路。在六十年代初，我写的《武陵年少》就是这时的代表作品，那时我的作品有一半是这样的。

当然，后来我们就分析传统了。

**丁宗皓：** 据一些文章说，您的诗歌理论在1959—1962年间有一个黄金季节，您能为我们概括一下您的诗歌理论的主要精髓吗？您的诗歌理论涉及了新诗怎样面对中国古典诗歌传统和西方现代诗歌的问题，这个问题是新文化运动留给二十世纪中国的一个老问题，对于今天的内地来说，因为没有解决好这个问题，新诗的写作仍处在一个混乱的状态。您常看内地诗人的作品吗？您觉得有什么样的问题？

**余光中：** 我并非理论家，我的理论是创作之余的检讨与思考，并拿来给写诗的同伴来参考的。

我的理论是我归纳出的写作的原则。在反叛的时候我反叛，然后我再反叛反叛。

在西化时，现代诗到了高潮，狭义上的现代诗指的是遵守西方的现代主义原则，在内容上比如说表现一个现代人在一个工业社会是孤绝的，与社会格格不入，与资本家、中产阶级也格格不入。在文法上也反叛社会，个人与社会处于对立的批判的地位。诗人们以为自己是个烈士，永远带着悲壮的情怀，一旦受到批判就进入了虚无主义。现代诗在语言上晦涩难读， 这表明他们对人们的拒绝， 他们高兴这样，这样他们就能表明他们是另一类，这是现代诗的一大弊病。当然，在现代的音乐、绘画等领域也是如此，比如学院派的“无调音乐”就始终不能被接受。

虚无是个很大的问题，它比悲剧可怕，因为悲剧是向上的挣扎。其绝望仍是责任感的表现，而虚无则是向下的自溺，其绝望是道德的真空状态。

在现代主义风行的时候，我开始思考怎样面对传统和西方诗歌影响的问题。 我开始醒悟，古典的影响是继承，但必须脱胎换骨，西洋的影响是观摩，但必须取舍有方。株守传统最多成为孝子，一味西化必然沦为浪子。

## 话说五四

**丁宗皓：**对五四新文化运动的后果，今天的学界开始了一轮更为深刻的反思，其中“九叶”诗人郑敏最近撰文对今天的诗歌失去了古典诗歌的哺育而感到遗憾。的确，大陆新诗的种种困境里包含着失去传统文化精神后的巨大失落。这在很大程度上是因为新文化运动客观上在许多人身上造成了与传统文化的脱节，因而我们只能在五四所造就的传统下来创作新诗并形成价值体系。

**余光中：**对于中国的作家，传统应该分成两个层次：一是从诗经楚辞开始的大传统，一个是从五四开始的小传统。这个小传统一直到今天只有八十年，八十年对于一个文艺运动而言实在不能算长。而在八十年间，中国的新文学又在精神上常受政治的影响，在语言上又陷入白话的浅俗和西化的生硬。一方面失去了古典的精警，另一方面又难窥城外的真相。这就是说，一个青年作家如果只囿于这个小传统，那么他的眼界就太窄了。

**丁宗皓：**就大陆的年轻一代诗人而言，因人所共知的原因，传统文化在他们身上出现了断流，台湾在五十年代盛行现代主义时年轻人身上是否也有同样的问题？

**余光中：**是的。1962年8月30日，我曾写过一篇名为《古董店与委托行之间》的文章。我讲在政治上，我们收回了许多租界，但在文学上我们的文坛或多或少地成了西方文学的殖民地，文化上的全面西化，往往牵一发而动全身，非一人之力一时之功所能奏功。然而文学上的全面西化往往朝发夕至，只要一意孤行，便可在六百字的稿纸上实施起来，其结果是混乱。这种混乱一日不澄清，年轻一代的价值观与美感就无法恢复，而中国的文学就一日无法独立。

浪子们高呼反传统，事实上传统是既不能反叛也不能维持的。传统是活的，譬如河水，无论想使河水倒流，或是静止不动，都是不可能的。浪子和孝子的共同错误在于，都以为传统是死的堆积，不是活的生长。死守传统，非但不能超越传统，抑且会致传统于死命；彻底抛弃传统，无异自绝于民族想象的背景，割断感情的媒介。

传统至大至深，我国的古典传统尤其如此。对于一位作者而言，它简直就是土壤加气候。

## 相似的历程

**丁宗皓：** 我是否可以这样理解您的话，诗歌在远离传统、当然也包括远离西方古典的传统后，漂浮在一种无视诗歌基本规则的自由里？因为大陆诗歌在1986年后经历了一个主义遍地、旗帜丛生的几年，那是一个非理性的诗歌的时代，它表明了一个时代下诗人们敏锐地感受到的精神困境。但是它的基本主流表明他们已远离了传统精神的背景，同时面对了一个极其含糊的未来，准确地说，他们并不为读诗的人们提示这种未来，甚至他们放弃了这种提示的努力，并以此为荣。至于在诗歌的形式方面，更是混乱不堪。在一个以混乱为自由的诗歌时代，这样的风气深深地贻害了大陆的诗坛。我以为这直接影响了十几年以后的人们对诗歌的态度以及诗人面对现代生活的态度。

**余光中**：台湾更早地经历了这样的诗歌历程，这是有意味的现象。因为台湾与大陆同宗同根，有同样的文化背景，因而在诗歌精神上都经历了相似的阶段，只是台湾更早而已。

传统并不单指中国的传统，浪子们不但要反中国的古典传统，还要反西洋浪漫主义以前的传统。他们的问题在于不明白文学的潮流是发展而成的，不是可以强行分割的。现代诗似乎使诗人患了一种“主义狂”，一时作者们似乎不使自己属于某种主义便不快乐。人们轮流模仿达达主义、超现实主义、存在主义等，好像换几种不同牌子的香烟一样方便。事实上，千变万化，恐怕都跳不出古典与浪漫两种气质。

最后，我发现我自己面临西洋诗的严重问题，那就是浪子们已经走到了反理性、反价值、反美感甚至反文化的道路上来了。而事实上，许多现代诗的作者只是在自虐，兼而虐待读者。

## 争论：不平静的诗歌时代

**丁宗皓**：纪弦在1953年创办了《现代诗》

并于1965年宣布成立现代派。这个现代派是否可以看成是三十年代戴望舒、李金发所倡导的现代诗的继续？您怎样看这时的现代主义对中国新诗的贡献？

**余光中：** 现代诗的探索从戴望舒、李金发、施蛰存等人开始，这是中国现代诗的源头。这个源流在台湾一直没有断，纪弦的确是现代诗在中国文坛上的延续。

纪弦在去台湾之前，与戴望舒、施蛰存就有关系，纪弦那时在大陆上就发表了一些作品，出了很多诗集了。

我与朋友搞现代化的运动，这个运动后来在其他的艺术领域中也开始了。在文学方面最早、最前卫的当数现代诗了，后来现代小说、现代散文也跟着现代诗走，而且一些作家如张晓风、简真等已经用现代诗歌的语言写作了。在语言方面，现代诗有一些成功的实验，是可以借鉴并使用的。

纪弦在诗歌上有一些主张。比如他主张诗是诗、歌是歌，不能混在一起。而我一直认为诗有音乐性，可以谱曲，后来一些现代诗谱成歌了也蛮好听的，也受到了欢迎。

与现代诗命运相同的艺术形式是现代派绘画，画家们无力维护自己，只有现代派诗人出来鼓吹他们。那时我也为他们鼓吹，我对友军颇有支援。

**丁宗皓：**余先生，1959年您写出了具有现代与传统调和倾向的长诗《天狼星》，而1960年7月洛夫的《〈天狼星〉论》对您的这篇作品提出了批评，从而引发了一次诗歌观念上的论战。大陆的诗人对论战的细节了解不多，请您详细地介绍一下。这次论战对台湾诗歌界产生了多大的影响？

**余光中：**《天狼星》在《现代文学》上发表以后，品评者甚多，正如你所言，它的确是一篇现代与传统调和的作品。洛夫的《〈天狼星〉论》认为：现代诗作者应该具有一种属于自己的，赖以作为创作基础的哲学思想，什么是这种哲学思想呢？答案是存在主义。他认为在现代艺术思想中，人是空虚的，无意义的，研究人的结论只是空虚，人的生活只有荒谬。洛夫认为《天狼星》注定要失败的，理由是在现代诗中刻画出一个完整的人物是必然失败的……在现代文学艺术中是无法发现一个明确的艺术形象的。

同时洛夫认为:《天狼星》不符合达达主义和超现实主义的创作方法论， 意象与意象间，有比例、有发展、有统一性，没有做到“不合逻辑，不求读者了解的地步”。

我写了《再见，虚无》一文与之讨论，这也是台湾第一次关于诗歌观念的大讨论。我在这一文章里所说的就是这样一个观点：诗歌应该摆脱现代思潮所带来的虚无主义倾向，我乐于向这种“现代诗”说再见。我说我不一定认为人是有意义的，我尤其不敢说我已经把握住了人的意义。但是我坚信，寻找这种意义，正是许多文学作品最严肃的主题。

我还说：洛夫，你不正要结婚吗？难道你不乐观吗？那诗中为什么又是另一套东西？这不是矛盾吗？

在那个时代里，出现这样的争论并不奇怪，文坛风气如此。那时只要有人讲存在主义，就有上百人来听，也不管存在主义是什么东西。

从诗歌的发展来看，这的确是一次重要的争论，它已经触及到了诗歌怎样在当代确立自己的品质的问题。

**丁宗皓：**1972年的诗坛的第二次论战，除现代诗的形式外，还提出了“为什么写诗?”“为什么人写诗?”两个重要问题，这样内容的论战产自什么样的文化背景?

**余光中：**这次论战的主要问题还是关于现代诗，争论的对方用大众化的命题来要求诗，他们说像杨牧这样的诗人应该丢到垃圾堆里去。言外之意，现代诗太超越了。

所以我这样认为，我国传统肯定的是杜甫、白居易，肯定他们社会写实的诗歌精神，当然，这是文学的大道。但是另一方面，也并不否定李白、李贺、李商隐、苏东坡。写社会的我们喜欢，但写自然、写个人小宇宙问题的我们同样喜欢，但无论写什么，都不能牺牲艺术。

诗可以兴可以观可以群可以怨，孔夫子这条相当开阔的大道上，还有可以怨的说法。

我的意见是只要感情真挚的诗歌就不要怀疑。在这次论战中，我是站在现代诗一边的。

那些年里论战太多了，那时我年轻，血气方刚，现在想起来觉得讨论并不重要，最重要的是写。

## 面对大众文化

**丁宗皓：** 讨论和写作对文学史来说同样重要，它已经成为诗歌发展重要的一环。您的诗歌自进入大陆以来，在读者中产生了很大的影响，您这一代的台湾诗人曾一度成为内地诗人模仿的对象。而近年来，随着商业因素影响的加深，倒是琼瑶、席慕容等一大批人在普通读者中产生了更大的影响。我们认为琼瑶的作品是台湾社会大众文化的产物，在台湾，文学的成长是否与今天的大陆一样饱受大众文化的冲击?

**余光中：**是的。但诗歌溃烂是一个全球现象。

在台湾，一本诗集销到二千册的事情常有，席慕容的可销过万册，我的《余光中诗选》销到了四万册。在英国一些很好的诗人出诗集时只出五百册，从整体上说，诗歌的销路不好。在大陆，汪国真的诗集销得好，但与价值不成正比，因而是个例外。

文学只有在封闭、单一的社会形态下才成为人们精神仅有的出路，而现在社会多元化了，人们可以拥有更多的嗜好。在台湾，作家改行当节目主持人的事情很多，还有的人去当议员，批判社会的人去改造社会去了。

杜甫如果有个专栏，他还写讽刺诗吗？

真正的诗人即使在商业价值取向下，也不会去写趣味低下、比较浅易的东西。但台湾的诗人在商业的面前感到没有前途，于是就写电影、舞台剧，另谋出路了。

我不能说这是一个没有诗的时代，诗人不该去写汪国真那样的诗，应写严肃的认真的诗，而对社会来说，屈原、李白、杜甫、陶渊明的诗从来就有人读。

**丁宗皓：**在大陆的诗人眼中，大众文化成为艺术的天敌，而且大众文化本身与诗歌艺术毫无相容性，这两者之间有着无法逾越的鸿沟，正如您所言，诗歌已成为小众的艺术。

**余光中：**一些诗人正在寻求这两者之间的融点，诗人所写的流行歌曲很有诗意，我称之为后现代的"刁妮"夏雨写得很好的现代诗，后写歌词赚了很多钱。而对大众而言，流行歌曲就是他们的诗了。在美国，广告最有诗意，是美国大众的诗。

罗大佑是商业文化背景下一个有意思的现象，他的歌既受大众欢迎，又有一定的批判性。他找到了这两者之间的融点。

**丁宗皓：**在如此滔滔的大众文化潮流之中，诗人的精神世界越来越狭小，您怎么看诗歌的生存？

**余光中：**我以为对诗不要悲观，诗人有许多事情可做。我回去要参加一个活动，搞活动时，有诗人朗诵，有人将诗谱成歌曲，请一些民间歌手来唱。这些民歌手不是商业化的流行歌手，而是民间孕育出来的，也很受大众的欢迎。

我与台湾的某些流行歌曲有些关系，二十年前，我的八首诗被谱成了《乡愁》演出，效果很好。

**丁宗皓：** 在大陆，追求大众化一直是引导诗歌求得更多读者的理论，事实上诗歌不可能走大众化的路子，您对这一点有着明确的看法。请您谈谈这一点好吗？

**余光中：** 大众化怎么化？拥有多少大众才算是大众化了？白先勇的读者多，但比金庸还少得多。什么是大众化？这个说法还是有问题。

我讲过，几千年的小众化胜过几十年的大众化。李商隐、李贺没有被抛弃，已经流行了一千年了。中国历史上领一时风骚的人很多，钱澄之、王渔洋都领过风骚，但都没有维持多久。

## 新的和旧的责难

**丁宗皓：** 近一年来，大陆的诗坛上开始了对新诗自五四以来的成就的估价，激进者如周涛，他认为新诗一直到今天都是一个失败，这种看法当然不足取，但是新诗的确有了自己的问题。您怎样估价五四以来诗歌的成绩？

**余光中：** 否定新诗不是什么新鲜的事儿，这样的观点在香港、台湾有，当然海外也有。从某种角度看，也不是完全不对，因为新诗从五四到现在只有七八十年的时间，我称之为小传统。五四时期比任何一个时代转得都要快，在那么短的时间内，西方的、印度的，那么多的思潮和文学艺术形式一下子涌进来，不容我们分析鉴定，也难得消化，再加之政治动乱，国事起伏，文学发展得不顺利。新诗能否有它的成就，还是一个时间问题，唐朝经百年才出现了李白、杜甫这样的大诗人，新诗才写了七八十年，这个时间长吗？

七十年间，面对外来文化的冲击，让人应

付起来颇感吃力。文化的冲击主要是语言的冲击。先是俄文，后是英语，进入中国文化时带有强制性。在这样的背景下，我们的语言从文言转成白话，而这样的转折与历史上的任何一次都不同，新诗是在这样的情况下起步的。完全否定新诗不对，但可以反省，为什么新诗还没有古典诗好？

我自己觉得古典诗歌的美德新诗还没有达到，新诗应该来修炼自己的语言，使其干净、简练、流畅，这是应该追求的，但不必去写古典诗。

我自己呢，每写好一首诗，就检查一下，看有多少个“的”，我用的“的”字在行数的一半以下，超过这个比例就太多了。同时，在一些诗里，你、我这样的词用得太多，这是因为受了西洋的诗歌影响，却没有自省的能力，这是一个危机。

**丁宗皓：**在台湾诗坛上，新诗面对大众时也有能否看得懂的问题。这个问题在大陆一直是人们谴责新诗的重要口实，您怎样看这个问题？

**余光中：**看不懂就排斥，就否定其价值，新诗的问题可不是这么简单。看不懂是因为新诗晦涩，但晦涩自有原因，比如回避政治的检查；写情人怕太太发现；功力不济，语言不会驾驭；文不对题等等。但诗歌清如水好吗？陶渊明的好吗？李商隐的不好吗？梁启超曾经说过李商隐的诗：我不知他写的是什么，但美。晦涩可以，但必须美，晦涩而不美就不行，晦涩但百读不厌还是成功。李贺、李商隐、黄庭坚、苏东坡也一样。新诗因为有哲学意味，有西洋典故在其中，因而就有了晦涩的特征，但晦涩不是评价诗歌好坏的标准。

## 语言的生成

**丁宗皓：**您认为您的诗的语言是以白话为骨干，以适度的欧化及文言句法为调剂的新的综合语言。您学贯中西，又有翻译外国诗歌的经验，请您谈谈调剂这三种语言因素的经验。

**余光中：**我说过，无论我的诗是写于海岛或半岛或大陆，其中必有一主题是根托在那片厚土上，必有一基调是与滚滚长江同一节奏。从我笔尖潺潺流出的蓝墨水，远以汨罗江为其上游。在民族诗歌的接力棒中，我手里这一棒是远从李白和苏轼的那头传过来的。不过另一面，无论在主题、诗体或是句法上，我的诗艺中又贯串着一股外来的支流。我学外文出身，又教了二十多年英诗，从莎士比亚到丁尼生，从叶芝到弗洛斯特，那“抑扬五步格”的节奏，那倒装或穿插的句法，弥尔顿的功架，华兹华斯的旷远，济慈的精致，惠特曼的浩然，早已渗入了我的感性之中。

一位当代诗人如能继承古典的大传统和五四的小传统，同时又能旁采域外的诗艺传统，他的自我诗教当较完整。

**丁宗皓**：您在《先我而飞》一文中特意将“当代生活”和“当代现实”区别开来，您想就此说明什么？

**余光中**：一个人要成为一个真正的诗人，

他还需要另外两个条件，那就是对当代生活的敏感加上对当代口语的把握。我说“当代生活”而不说“当代现实”是为了避免过分介入政治和社会，而落入所谓的现实主义。现实主义中的现实是谁眼睛中的现实？是否是集体眼睛中的现实？这样容易抹煞个人生活。我的想法是“存在先于本质”，不要讲本质，要先讲本身。我其实想用生命来代替这个概念。

## 今日台湾诗坛

**丁宗皓：**您怎样看今日的台湾诗坛？

**余光中：**现在的台湾诗歌界情况也很复杂。三十多岁的去写保护自然的诗去了，他们谴责工厂造成的污染，谴责噪音和烧烤过路的候鸟。还有一些诗人对两性的描写更感兴趣，写得十分赤裸。我反对这样的诗歌，因而被年轻人攻击过。

有一个诗人也是医生，他是年轻人里的代表。每年台湾都出年度诗选，他写了一首名为

《肛交之必要》的诗，我们不舒服，不同意选，他就来骂。女诗人更大胆，写性经验。我以为，写性不一定美，写贞操不一定不美。

写都市诗的也很多，罗门是写都市诗的先驱。大多数的都市诗是欧美后现代、后殖民地文学了。究竟怎么看这种现状，还不能下结论，他们也在受着时间的考验。

## 散文的反思

**丁宗皓：**您认为五四早期的散文虽有清新自然的特点，但也有局限。请具体地谈谈都有哪些局限？

**余光中：**我写过一篇分析朱自清散文的文章，我认为他的散文题材比较狭窄，语言不够开阔。我不否定他们这一代人的贡献，他们已经完成了自己的任务。我认为过了几十年还要把他们奉为经典，这就太迂阔了。

我举一个例子：在工业时代，不能用农业时代的语言来写今天的文学。评价文学，对语言的敏感是一个指标。工业意象必须拿来用进文学，“抗议的分贝”这是工业术语与诗歌的组合，是新的术语，它有丰富的意义。

## 三个概念

**丁宗皓：**您提出“散文革命”口号的同时，还提出了一整套的理论。请您谈谈您的散文理论中的“弹性”、“密度”、“质料”三个概念的内容。

**余光中：**当时口号提出了，但内容并没有明确地界定。

“弹性”是指作家的语言要保持新鲜，要来源丰富，语言要有新陈代谢。只典雅不行，一定要用大白话也不行，也不能碰到成语就嫉恶如仇。我认为应该将各种形态的语言熔于一炉，其中包括外来语、方言。当代人的口语是一个重要来源，当代人是受过一些教育的，但不都是饱学之士，他能使用的语言，我写散文、诗也一样用。我用很俗的语言，引进方言，文言更常用。

另外，文章的节奏可快则快，不能急行军，也不能踱方步，节奏要在你的控制之中。标点也要有独创，要打在要害上。长句用多了，用短句；一段长了就来个短的。这就是弹性，这需要自觉。

所谓“密度”就是不要在语言中兑水，能少用则少用，不要扯淡。大陆上的学者动辄一两万字的评论太虚张声势了，其实开头的三千拿掉也可以。

“质料”是说语言有一种肌理，光滑的、粗糙的、跳跃的、平顺的，选字时代表着感性和知性。我有四个女儿，其中一个在美国，有一副美国腔，后来她去了英国，现在讲一口不列颠话，这是新的没沾上手印的语言，是一种新的文学“质料”。

## 学者的使命

**丁宗皓**：德国哲学家费希特说过，学者的真正使命，就在于高度注视人类一般实际发展进程，并经常促进这种发展，学者的真正使命是为人民服务，为社会而存在。学者就是人类的教师，应关心人类不要停顿和倒退。他指出学者只能用道德手段来影响社会。对于一个诗人、一个学者来说，今天只能用艺术这种形式来影响社会吗?

**余光中：** 这在任何一个时代都是一个问题。萨特主张文学要介入生活，他倡导“介入文学”，作家要直接对社会发展负责，要领导社会运动。

学者进入社会的问题很难解决，过分介入则脱离了学术岗位，台湾有的学者变成了议员，基辛格当了国务卿就不再是学者了，这不是介入社会，因为介入就回不去了。梁启超是个例外，他办报论政，也没有脱离学术。临去世时还在北京的协和医院考订《辛弃疾传》。

我以为学者不必形而下地介入社会，应该理论一点、哲学一点、思想一点、形而上一点。英国的一位作家说，我没有权力，但我有影响力。也就是说学者要靠思想的力量来介入社会。与其进入太多的浊流，不如保持清高的地位。

原载《当代作家评论》1997年第6期

# 新乡村主义：出路在于打开自己

## 新乡村主义，散文的一种进步？

**丁宗皓：**在这里我们所谈的话题是新乡村主义散文创作。

乡土散文在发展中，一直没有停止自己的进步。在今天的文学里，乡土已经成为一块意味格外丰富的领地。众所周知，我们正在经历着自己的现代化过程。这个过程是以传统的乡土社会和乡土文化的消失作为基本条件的，而我们所承受的众多的精神困惑总能在这里找到原因。因此我不把新乡村主义散文的出现当成一个孤立的文坛事件。

**鲍尔吉·原野：**我也有这种深切的感受，走过乡村的每一个角落，都能够发现，乡村正在消失，这里所消失的是乡土的文化，没有这种文化，乡村就不再是乡村。新乡村主义的散文正是这个特定时代里的精神产品。新乡村主义散文是我的一个概括、一个提法，正如文坛上总是出现一些主义一样。不过我觉得，把我所看见的散文界的这种变化称为新乡村主义，倒是能够概括其基本特征。

**丁宗皓：**正如给了新乡村主义散文一次历史机遇一样，时间也给了我们审视所谓的新乡村主义散文的机会。这是因为我们像送别亲人一样看着乡土远去，而且她再也不可能在我们的生活中重现。这是一场永诀。

**鲍尔吉·原野：**你说出了一个十分重要的元素，那就是时间和距离。这也给新乡村主义散文带来了一副全新的面貌。我用以下三个特点来说明其基本特征。其一，全面地呈现乡村的美，再现和揭示人与自然以及和在这个关系中生成的乡土文化的共生关系。其二，写作状态的封闭性。新乡村主义散文割断了乡村和外界的联系，呈现与赞美乡村社会中的经验世界，因此琐屑和细腻是其另一特点。其三，将乡土诗意化，使之还原乡土生活本身。

## 新乡村主义，从哪里来？

**丁宗皓：**新乡村主义已然成为散文领域的一道风光，人们对于这种散文的出现显然已经寄予了很大的希望。我注意到了新乡村主义代表人物刘亮程的文字，确实十分优美，也使我这个在乡土中成长起来的人感到汗颜，他的写作使我忽然明白，乡村中美好的一切始终都在那里存在着，只是我缺少充分的能力去发现。同时，我还注意到，批评界给了刘亮程可能连他自己都没有想象到的赞誉，而且那些赞誉未必是理智的。阅读者和写作者有时都在盲目中，阅读是一种追寻。

**鲍尔吉·原野：**刘亮程显然是新乡村主义醒目的代表人物。然而又就西部而言，有一批乡村主义的新起的写者。如叶舟，其《大敦煌》不仅描写了西部与乡村，又以波澜壮阔的气势抒写了人的内心冲突，其完美与史诗性令人惊讶。张子选的《执命向西》，在乡村的叙述中更西部化与诗化。林春峰与铁穆尔均为神秘的写作人。林的文章写出哈萨克族人、藏族人、塔吉克族人真正的生活状态。他通晓多种语言，在雪山和草场深处和牧人生活在一起，绝非肤浅与大惊小怪的闯入者。铁穆尔似乎游历与描写过西部所有的河流，不止黄河。他的写作，开阔与内向，富有醉醺醺的行吟诗人的气质。

**丁宗皓：**然而刘亮程为什么更醒目呢？刘亮程和许多西部新起的写作人一样，具有诗歌的背景，语言好。批评界曾有一种怪论，某某小说写得好，但语言不好。语言是文学的身份证，怎么会有语言不好小说好这样的怪事呢？这是题外话了。刘亮程并非更接近土地，而是善于把乡土经验从西部抽象出来，这种经验更适于内地的阅读口味。在写作中，他能够抵御编造的诱惑，深受法布尔《昆虫记》节制的影响。当然他与法布尔是两回事，后者是科学家，领命于天性而非手法。

**鲍尔吉·原野：**刘亮程之于乡村文学如克莱德曼之于钢琴，看着土，实为甜美。乡土在文人的心中开始像一枚落日，在文人心中引发了极其复杂的情感。工业化的速度越快，人们越在思绪中激烈地还乡，这是因为工业化所造就的生活秩序和乡土社会根本不同，这种隔膜根本无法在融合中消除。乡村社会越远，它所特有的光辉就越诱人。而刘亮程或者说新乡村主义的崛起，更多显示出文学、特别是读者对文学现状的不满与对现实生活的规避。

**丁宗皓：**从这样的意义上，读者就容易理解刘亮程行文封闭性之所在，也就理解了一种无视外界存在的封闭性写作何以能够引起那么大的反应的原因。我感到很奇怪的是，封闭性也是读者在阅读刘亮程中所需要的精神。在刘亮程的散文集《一个人的村庄》里，我看见了著名作家李锐的一段文字，他说："在这个垃圾遍地，精神腐败，互相复制的沙漠上，读到农民刘亮程的这组散文，真有来到绿洲的喜悦和安慰。"喜悦和安慰，正是这种文字的气质。

他为这个特殊的时代，准备了特殊的需要。

**鲍尔吉·原野：**中国的GDP每年以8%—10%的速度连续递增，这一事实已经表明我们的生活与社会结构正在发生每个人都可以感受得到的深刻变化。但这种变化对每个人而言都不一样，可能是上升，也可能是式微。调查数据表明，变革深入所有领域，这使人们在内心形成巨大的矛盾冲突。生活以他们未知的方式显示魔力。对多数人而言，这种魔力是严峻的，甚至是残酷的。然而，这种强力变化的内在逻辑却十分明晰，那就是现代化与市场经济。

## 新乡村主义，谁能躲开现实的撞击？

**丁宗皓：**所有的民族在经历现代化的过程中，都会产生迷惘。现代化明明带领一个民族走向强壮，但它让人看到的却是许多美好的东西被打碎了。而市场经济如果不能让一个民族的成员整体感到内心的惶惑与惊痛，则说明它对旧有体制的摧毁还不够彻底，然而早晚会彻底摧毁它。文人在现实生活面前总是做出避世的姿态，可是其精神无不烙烫生活的印记。

**鲍尔吉·原野：**这一切对文学意味着什么呢？对文学而言，这当然是前所未有的资源，但对文学人却远非如此。很少有人能够正确面对它，至少我们现在还没看到。当然，那些优秀的作家也许会在未来展示这种成果。在中国改革开放最为迅猛的九十年代，文学的表现是什么？歧路多端，进退失据。每一种写法（而非创作道路）露头之后，模仿者纷沓而至，表达了他们的惶急。

**丁宗皓：**散文的写作，到了新乡村主义出现，可以说已经走到了高峰和尽头，接下来的问题是，要么打碎过去和作家的精神世界，要么在这个高潮中断流。回忆一下乡土散文的历史，就会看见，在我国乡土文学其实是文学发展的一个主要的源流。在一个巨大的乡村社会里，散文总是会打上乡村的印记，即使没有正面描写乡村，所表达的仍然是哲学意义的乡村理想。

**鲍尔吉·原野：**在那时，乡村还没有被置于一个破碎的背景下。后来乡土散文作为概念的最初出现，也不是建立在与城市精神相对立的层面上，这只是题材的一个简单划分而已。但是近几年随着现代化和城市化的加速，乡土和城市与文化精神的对立越来越明晰与激烈，城市生活渐渐地脱离了乡村这个母体。

**丁宗皓：**在城市化还没有动摇作家的生活时，居住在城市的作家想到乡土村民的生活时，心里往往有一种青天大老爷似的“悯农症”（作家李锐语）；居住农村的作家则批评农村的愚昧，他们的写作毫不掩饰地表达了对于城市和现代生活的向往。再后来，由于对城市生活逐渐“水土不服”，作家们沉湎于往日时光的回忆，开始传达乡土社会美好的文化意味，当然这种情绪是建立在与城市的对比上面，所隐含的意思自不待言：批评现代生活。而新乡村主义这厢，生活已经进入现代化激荡的年月，对于作家敏感的心灵来说，唯有乡土是一个永恒的岸，于是他们要在精神上回归故里，像鸵鸟一样，把头插在沙子里，决不抬起来。

**鲍尔吉·原野：**我记得在四年前，我们曾经谈过这样的问题，其实无论小女人散文、大文化散文莫不如此，影视剧中的帝王将相亦如此。也就是说，要以远离这个时代的方式表达自己的存在，遗世高远。而新乡村主义的出现，则证明这一企图达到新的顶点。的确，新乡村主义比大文化散文（历史）更能安置自己的心灵，跟现实生活与现代化反差更大，比性的写作——女性作家正在集体描写性——更多刻画了焦虑。然而，它在现实生活狙击的阵地上向后退得更远。

## 新乡村主义，逃跑主义？

**丁宗皓：**就像我在本文开始的时候说的那样，新乡村主义以及刘亮程的出现，不是一个简单的市场选择的结果。在这里文人的群体起了重要的作用，而他们推出刘亮程的时候理直气壮地打出人文关怀的旗帜。

**鲍尔吉·原野：**在目前，文学界及文化是社会改革中受到冲击滞后的、也是带有浓重计划经济色彩的社会群落与个体。尖锐地说，文学界也许是市场经济最后的抵抗者之一。这是一个不容易说服对方的判断，但事实的确如此。刘亮程的出现，以及文学界对刘亮程的全面投降——评奖、赞美及媒体的惊喜反应也反映出文学的心态：逃跑以及固守情结。有人说刘亮程是“乡村哲学家”，这话极为耐人寻味。乡村是改革到来之际人类心灵的庇佑所，是对工业化无可奈何之后的慰藉，是对失败者永远充满爱心的收容院，是文学永恒的母亲。然而，这只是存在于文人观念中的乡村。文人不见容于城市，有“居长安大不易”之感，但很少有人离开城市。在这一点上，刘亮程显示出耀眼的理由：他一直生活在乡村，身上始终散发着泥土、渠水和干草的香味。他以他的存在与文字点亮了别人心中的火炬，这是“乡村”

的含义，而刘亮程的“哲学”则是“逃跑主义”。

**丁宗皓：** 对动荡、变故、财富、科技、喧闹、倾轧，即时代泥沙俱下的洪流面前采取逃跑主义的姿态，奔赴最没有时代感的自然与动物之间寻找慰藉，这是许多疲惫而又心存美好的人们所需要的哲学。在这一点上，刘亮程用无懈可击的、风俗史教师的方式向他们提供了这一哲学。当然这是以文学的方式，否则无法这么迷人。

## 新乡村主义：出路在于打开自己

**鲍尔吉·原野：** 新乡村主义与伪乡村主义有很大的不同。当然与五四与合作化时期的乡土文学又不同。五四时期的乡土文学描写的几乎是中国现实的全部，严峻而悲苦。富有诗意之作，唯一存在于沈从文笔下。而合作化乃至“文革”时期描写乡土的作品，即使笔力雄健如柳青与王汶石者的加入，也摆脱不了图解政治的命运。“五四”的乡土文学是政治现实主义文学，后来的乡土文学则是政策现实主义文学。在新乡村主义作家出现之前，中国文坛只有鲁迅、沈从文、孙犁等人为乡土文学奠定了真正的基石。这一工作在台湾的完成者则是钟理和与吴浊流。

**丁宗皓：**你提到了台湾，倒是提醒了我。台湾地区伴随着现代化进程，文学上也出现了和大陆十分相似的情形，不知道这可不可以作为一个研究的参照。五十年代的台湾文化是政治中心主义盛行；六十年代开始了全盘西化的议论，在文学上出现了多种主义；而七十年代，文化价值转向了本土，那里乡土文学已有重要地位。可是正如作家余光中1997年接受我采访中所谈到的一样，台湾的作家那时必须在传统和现代之间做出选择，不是选定哪一个，而是走出一条自己的道路。如果我们在这个意义上看今天出现的新乡村主义散文，我觉得需要迈出的第一步还不是这些，而是如何直面今天的生活。

**鲍尔吉·原野：**新乡村主义作家在姿态上显示出对土地的谦卑，在美学取向上趋近诗意的和谐，在为人方面显示淡泊宁静。乡村是他们的母亲，他们没有企图在土地上播种政治，也没有播种反叛，更没有播种个人化的小情小调。但是，这样的写作已经达到了难以为继的顶峰。新乡村主义作为一种文学现象，如果显示更深厚的气象，所能依傍的不可能仅仅是经验。换一种说法，刘亮程的农事经验干涸之后，他用什么来维持自己的写作呢？经验无论怎样诱惑着写作者，他上升的根本原因必然是创造。在中国，许多作家以描写特殊地域或经历大博殊荣，然而很快无声无息。这说明，作为作家，他们还没有完成第一阶段的改造。这些人成了文学爱好者怀念的目标："当年某某如何如何……"没了题材，竟消失了一个作家？这算什么作家呢？这是中国文学软弱不堪的原因之一。

**丁宗皓：**刘亮程所面临的下一步，几乎是一次凤凰涅槃。如果不能够完成，这个作家再也写不出这样的文字（我想起了我的同龄人海子，海子是一个了不起的诗人，可是他更是一个“水土不服”的乡村少年，不同的是他是敏感的，他早已看见他的乡村社会面目全非的前景）。这一步就是，他必须打开自己的心灵，培育接受现实的精神力量，在这样的基础上，他才有可能重新建设一套开放的话语系统，与生活进行真正的对话；才有可能对乡土进行一次筛选，用法国结构主义人类学家李维·斯特劳斯（Claude Lèvi-Strauss）的话说，是在“有价值之传统”上，打造自己的文学理想。

**鲍吉尔·原野：**海明威是海事作家？托尔斯泰是军旅作家？曹雪芹是闺闱作家？听听艾略特说过的一句话吧：“我所做的一切都是为了消灭题材。”消灭题材就是把一切都作为文学的符号，而驾驭这些符号的是一个开放、宽容、善良、美好的精神世界。

**丁宗皓：**我们所说的，不光是新乡村主义散文的问题，也是整个文学领域都面临的问题，这当然不是什么药方，也根本就不存在药方，我们说出的仅仅是一个常识，像从窗口漏进的一点光，而这光早就在清晨这样照进来。

原载《辽宁日报》2007年5月17日。收入《乡村哲学的神话》一书（新疆人民出版社）

# 以自己的方式参与文化重建

## ——与王充闾先生的对话

**丁宗皓：**充闾先生，大约是1996年，曾与您有过一次对话，主要围绕写作和历史文化传统之间的关系展开。那篇对话后来收录到您的散文集《沧桑无语》之中。我记得当时引用了克罗齐的话，即：所有的历史都是当代史。话题其实仍然是建立在现代化过程文化断裂这个语境之下。在已经过去的十三年里，您的散文写作获得了巨大的进步。在我看来，您首先是一个历史文化散文的作家，但我更看重您的另外一个身份，即：一个文化记忆修复者、一个优秀传统文化精神的引渡者、甚至是一个国学教授。现代化的过程是不可逆的，传统渐行渐远，传统文化精神在话语层面上日渐模糊，距离上次谈话十三年过去了，您怎样看待这些年里的写作？这次谈话，让我们离文学远一点，离文化现象近一点。

**王充闾：**确实如您所说的，我也自认十三年间散文创作获得了很大进步。由此，我产生一个感觉，就是每次和您谈话，都会带来一次新的悟解，新的飞跃。这些年来，文化被人颠来倒去地说，弄得恍兮惚兮，确实有点“你不说我还明白，你越说我倒越糊涂了”的味道。由于我只是一个作家，并非纯粹的文化学者，大概除了谈谈文学、谈谈创作，也不会说出关于文化的新见解。

十三年来，我在历史文化散文创作方面的进步，概括说来有三：

首先也是最主要的是“人的发现”。唐代著名史学家刘知几有言：“史书者，记事之言也。”过去我的历史文化散文，许多是透视复杂丰富的历史现象，探索成败存毁、治乱兴亡的规律性认识。从下面几个典型的题目可以看出，写的都是史事：《千古兴亡百年悲笑一时登览》、《文明的征服》、《陈桥崖海须臾事》、《叩问沧桑》，等等。其所异于“史”者，是采用文学的手法、文学的语言，借助形象、情节、场面的刻画，进行审美判断。后来悟解到“文学是人学”，应该透过事件、现象，致力于人物特别是心灵的剖析，拓展精神世界的多种可能性空间，发掘出人性、人格、命运抉择、人生价值等深层蕴涵。这样，脑子里便挤满了形形色色的人物形象，君王、政要、文士，各色人等，纷纷奔赴笔下。

其次，历史强调叙事的客观性，而文学本质上是灵魂与思想的审美外化，应该主观色彩鲜明，也就是个性化；应该对社会历史发展中面临的问题或者说困境有独立的思考和原创的能力，时刻保持清醒的批判意识。

第三，更加注重切入现实问题。看是写历史人物，实际上是着眼于现实。作品的生命力在于对现实的解析能力。我写一千三百年前的李白，说他是个伟大的诗人，却不是合格的政治家，原因列举很多。可是他自己，却不安于也不甘心“耍笔杆儿”，醒里梦里都想成为经邦济世、治国安民的“廊庙之材”。结果是几次出仕，全都以失败告终。最后，还是他认为“万言不值一杯水”的“吟诗作赋”，使他成就了朗照千秋的文星。我想说的是，人要善于认识自己，搞好命运抉择、角色定位。古人的精神血脉，依然在今人身上流淌着。你看章太炎，是出色的学术大师。可是，他的学生周作人评价他：“自己以为政治是其专长，学问文艺只是失意时的消遣。”章大师另一位弟子王仲荦也说：“老师本是学者，而谈起学术来昏昏欲睡。老师本不擅政治，但一谈到政治则眉飞色舞。”这种情况绝非个别现象，我们身旁就有，没有“大师”还有“小师”嘛！我还写过曾国藩，题曰《用破一生心》，也都有现实的针对性。去年，我写了周总理同张学良的深厚情谊，写他在弥留之际郑重嘱咐：“不能忘记老朋友。”我说：“这句普通至极的家常话语，却是饱含着生命智慧、人情至理的金玉良言。寥寥七个字，杂合着血泪，凝聚着深情，映现着中华文明伦理道德的优秀传统，闪射着伟大革命家高尚人格与政治远见的夺目光辉，当然，里面也渗透着我党数十年来斗争实践中正反两方面的经验。”这篇散文发表后，反响极为热烈，原因在于它触摸到人们的“情意结”，我们确实常常翻脸不认人，把老朋友忘得一干二净。

**丁宗皓：**今年是五四运动九十周年，回顾五四运动时，余英时先生说："五四运动的意义甚多，人们从任何角度去观察它，都可以得到一种'意义'，因为它本身是一个全面性的文化运动。"在《五四——一个未完成的文化运动》一文中，他说："思想激进的中国知识分子往往特别欣赏'不破不立'那句老话，但是如果按照庄子的思维方式，'不破不立'之下还应该立刻加上一句'不立不破'。只有在建立了新文化价值以后，不合时宜的旧文化价值才会真正让位。传统是无所不包的，其内容也是随时在改变的。文化只有推陈出新，既不能无中生有，也无法从外面移植过来。有志于文化建设的中国知识分子首先便要认真地了解中国的文化传统，并在传统中寻找有助于现代化的精神资源，这是西方的启蒙运动给我们的一项重要的启示。"今天，我们似乎也都明白了这个道理，但如何实践？这是一个问题。一个以历史文化散文写作而闻名的作家，实际上是在文学中处理这个问题，如何面对传统文化资源？建立自己的精神向度？如何在写作中体现现代性？等等。

**王充闾：** 在历史文化散文写作中，可以说，每天都实际接触并解决如何面对传统文化资源建立自己的精神向度问题。对象是过去时的历史，而定位却是现在时的自我。我始终认为，新时期文学的现实性、当代性建设，应在对民族文化传统的反思和扬弃的基础上进行。创新，只有在与传统联系在一起的情况下，才有实在意义。传统对于人类来说，发生于过去，却永恒地生成于现在与未来；显现于日常生活，却深藏于人类本性之中。沈阳师范大学教授赵慧平有一段评论，可以作为参考。他说："从充闾开始散文创作直到今天，尽管在题材、主题、艺术表现方式等方面有了明显的发展，完成了由古典向现代的转型，但其基本的艺术精神还是没有变化——他依然属于中国正统知识分子，而且是保留儒家思想因素较多的知识分子，尽管他广泛地学习西方现代哲学、人文社会科学的思想理论和文学理论，并由衷地赞叹，但他还是没有改变他的文化立场，还是只能从一个文化主体的视角以自己的经验理解和吸收，将其纳入既有的思想理论体系之中。这并不是他对待西方现代文化思想的吸收缺乏真心，而是文化交流的规律所决定的。这也是中国新文学发展历程的缩影。从这个意义上说，他不只是传统文化与文学精神的传承者，他属于当代，属于具有世界性、现代性的现代知识分子。”

关于写作中体现现代性，已如上述。我写历史人物，并不滞留于流行的政治的、意识形态的、道德层面的评判，而是把他们还原成一个现实的人，一个复杂的多侧面存在的人，将视点聚焦在他们现实生存背景下心理发展的逻辑上。历史是通过发现而存在的。通过展现这些人物不同的生命意识、生存方式以及在特定的生存环境中获得的生存状态，达到对人性、人生、社会、历史的深度思考。

文化是一个民族的灵魂，是一种可触可感的精神存在。罗曼·罗兰说过：“一个民族的政治生活只是它生命的浮面；为了探索它内在的生命——它的各种行动的源泉——我们必须通过它的文学、哲学和艺术而深入它的灵魂，因为这里反映了它的人民的种种思想、热情和理想。”处于基础地位的民族凝聚力主要来源于民族文化，来源于民族文化的认同。而这种文化的认同，又有赖于对本民族、本地区的历史、文化进行全方位的探求与审视，从科学、辩证的唯物史观出发，梳理出一部深刻的历史、文化图卷，并判断出准确的历史、文化定位。

其实，每个人的知识背景都是先于经验而存在的；而人类本身又独具一种顽强的寻根意识，驱使他们不懈地致力于文化传统的整理与发掘。我国知识界通过对五四运动的回顾和传统文化的审读，现已有了较为理性的思考，认识到由于传统的无所不在且根深蒂固，由于任何新事物总是或多或少地吸收了存在于它们之前的某些成分，离开固有的传统侈谈什么形式与实质是难以设想的，再现代的人也难以逃脱“过去的掌心”。即便是生活在五四时期——用闻一多的话说，这是一个事事以翻脸不认古人为标准的时代，也不例外。

关于立与破的问题，可说的话题不少。我首先想到的是一些制度的改革，常常是不破而立，或者立而后破。比如考试制度，不能说尽如人意，它带有明显的偶然性，考生的临场状态、考题的准确程度，都难于把握；而且，考卷判分者的人为差异（据说高考中不同判卷人之间会相差十几分），也难以避免。可是，人们还是认可它在概率上的成功，并不想彻底破除它。再如普选权，是以每个成年人的人头为标准的，至于参政能力、教育程度、素质高低、信息掌握等则略而不计，只能以智力、能力意义上的公平为代价，换取人格意义上的平等。考试也好，普选权也好，就其实践标准与操作结果来看，并不完美、圆满，或者说付出了许多代价，但在目前还拿不出一个代价更小、更客观合理的办法之前，还必须坚持使用它，谁也不会愚蠢到一破了之。“文革”中说得最多的是“破字当头，立在其中”，可是，最后究竟立了什么呢？小平同志讲发展是硬道理，强调不争论，这种大智慧是在汲取了过去的惨痛教训的基础上提出来的。

**丁宗皓：**2007年，我们曾经请俞晓群先生在文化观察开卷专栏里，全面地回顾了中国“国学热”。他写了四篇文章，梳理了中国“国学热”的历史，这使我们看到，“国学热”是一个贯穿了现当代史的历史事件，上个世纪三四十年代、九十年代初、新世纪三次大的“国学热”，犹如一个潜水者，不停抬起头来换气，使我们注意到了，历史文化传统从来没有沉睡过，他只是被遮蔽着，偶尔由潜在变为显在而已。从文化层面来说，我认为历史文化散文的写作，始终是一个潮流，其文化意义重于文学意义，是一次全民参与的历史文化课补课运动，是近代文化记忆断裂后的反弹，您如何认识历史文化散文的角色？

**王充闾：**我同意您的看法。文学评论家古耜说：“历史文化散文在本质上就是回眸民族历史，重估传统文化的产物。”作为自觉的文化的传承者，“王充闾的历史文化言说，并不以历史的通俗化和生动化为最终目的，而是注重在历史的长河里高扬文学的主体精神，通过文学的观照来丰富历史的内涵”。

在我看来，写作历史文化散文，实际是保持着中华传统文化的“天下情怀”和理性精神，以对民族生活与社会发展的使命感与责任感，站在民族生存与发展的角度，观照人们的精神存在状态，汲取当代先进的文化思想资源，以现代思想解读和反思传统文化，解析历史，把人的生存与生命意识提高到艺术表现的中心位置上来。如果把“存在”作为关涉人与世界的本质的范畴来理解，那也就是在做米兰·昆德拉所说的“存在的勘探者”。

而您对这个问题有更为超拔的认识。最近，您在给我的信中有这样一段话，我认为非常精辟：“历史事件、历史人物等文化散文写作，不在于带着大众重新温习历史事件，不在于说出一些更背景化的真实，而在于让大众建立自身和文化传统的联系，认识自己，即了解自己的文化身世，回答‘我究竟是谁’、‘从哪里来的’问题，当然是要说出‘要到哪里去’的结论。现代化是一个历史潮流，我们要到哪里去？作家对这个问题的回答，其实就是参与了精神家园的建设，即：余英时所说的‘文化重建’。作家所参与的‘文化重建’是通过构建文化记忆完成的，其中作家的真情实感、生命体验、生活体验是文化记忆碎片的黏合剂。不光是‘勘探存在’，还要‘认识自己’，要参与‘文化重建’。”这对于我们这些从事历史文化散文写作的人，富有启迪性，甚至可说是指导性。

**丁宗皓：**在过去这十三年里，我们看到了很多的传统历史文化的文本，从唐浩明的诸多作品到《明朝那些事儿》一类的读史笔记，同时在大众传媒上，现身了诸多的文化英雄。余秋雨、易中天、于丹，等等。我们所注意到，是否有一个潜在的危险？他们对于经典的解说，在大部分读者中已经成为新的经典。文化传统和历史记忆是否是原来的模样？取舍之后的充满当代经验的解读，是否就是文化经典的现代化？“热”，会不会是一种新的解构和破坏？历史文化散文队伍庞大，历史文化记忆越嚼越香，但同样也泥沙俱下。您怎样看待这个问题？

**王充闾：**传统文化的某些思想资源契合了当今人们的心理需求，人们希望从传统文化中寻求价值标准和道德规范。这是现时“传统文化热”的思想基础。对于站在时代发展和社会进步的前沿，立足现实，挖掘传统文化精髓，展示传统文化魅力的一切努力，我们都应加以欢迎。在这种热潮中，一些学者走出书斋，借助电视等大众传媒对传统文化作通俗化的解读，至少唤起了人们对传统文化的兴趣，启发人们重新认识它的价值，对此，不能一概加以否定。但是，同时也应该看到，传统文化所代表的观念系统，是在改造自身及自身生存环境的历史过程中逐步形成的，本身就是一种与现时流行的文化概念不同的人类文化结晶。因此，对它的任何阐解都必须还原到其所据以产生的社会环境中，并以符合其自身特质的思维方式、文化观念来进行，否则就无法准确地传达其深邃的内涵。现在有些解读，“郢书燕说”，随意穿凿附会，无疑失去了本来的意义。就这个层面上说，您的担心是有根据、有道理的。在我们这里，学术的命运常常有两种，或者被冷在一旁，无人问津，或者被功利化地加以改造——其“道”视同敝屣，抛弃在一旁，而“术”被放大和假冒，成为实用手册之类的畅销品。其实，那种颇带随意性的“现代化叙事”倾向早就存在了，康有为曾经“现代化”地重构孔子的思想，章太炎把老子塑造成现代无政府主义的鼻祖，都是这方面的显例。而他们都是学术大师，至于那些连古文基本功都不具备的学人，可说是“自郐以下无讥焉”。道理很简单，解读经典，如果除了胆量之外，并无精深渊博的学识作为支撑，那么，这种“文化热”必然沦为以乱解误解、牺牲经典为前提，不断制造出把道具当成主角的笑料。

关于影视剧，我没有更多的话语权，因为完全是外行。但作为一个观众，对于历史题材的影视作品也并非没有看法。我以为，封建帝王、特别是清代帝王的数量过大，而且颂扬失当，再就是过多地张扬了“权谋文化”，这里有个导向的问题；许多影视剧，史实误置，知识混乱，编导者一味在那里随心所欲地狂吹乱侃。令人想起辛弃疾的两句词：“不恨古人吾不见，恨古人，不见吾狂耳!”有的辩解说，作为艺术作品，虚构是影视剧的本性，不能把它作为历史教科书来要求。道理上是这样，但要分析虚构的范围与艺术虚构的实质是什么。有的可以虚构，应该虚构，而有的则不属于虚构范畴，并非一切史实错误都能够用“虚构”这个大袍子加以掩饰的。

还有一种说：“诌书咧戏”嘛，无妨戏说，看看热闹而已，谁会那么较真！这句话也大可斟酌。真的是“关公战秦琼”，人们都知道是笑话，倒也无妨；怕的是真假难辨，以假乱真。这里有个思想倾向的误导和历史知识的错误传播的严重后果问题。生活中我们都能体会到，信息来源与信息内容，是相辅相成，互为作用的。你在获得一种信息时，总是特别重视信息的来源，因为它决定了信息的可信度。但是，随着时间的推移，人们大脑的忘却机制在起作用，信息来源决定可信度的效应会逐渐消失，天长日久，信息内容就占据了主导地位，就是说最终起作用的是信息的内容。而影视剧由于其通俗易懂，情节生动，加上接受时段的先入为主，尽管存在一些思想误导或知识误置，人们尤其是青少年也会忽略了它的“戏说”性质，而把它作为正确的东西接受下来。现代科学对此已从理论上作了验证，西方传播学家称之为“休眠效果”。

**丁宗皓：**就传统文化来说，您觉得当前应该注重什么问题？历史文化散文新境界应该是怎样的？

**王充闾：**关于头一个问题，我觉得有两个方面应该注意：一是对外要树立积极的文化竞争策略。我们中国有着悠久的文明传统，传统文化蕴涵极深，生力未竭，我们在把它作为重要的思想资源加以开掘和重塑以助推社会进步的同时，应该扩大它在世界范围内的影响。经过三十年的改革开放，我们已经成为迅速和平崛起的大国。但是，相对于物质产品来说，思想文化资源在现代社会中的开发与发展，特别是参与国际同类产品市场的竞争，还十分薄弱。目前，在世界各地开办一些通过合作形式以培训汉语为目的的“孔子学院”，有助于树立中华民族的文化形象，但在国际文教市场上仍属初级低附加值产品，对于提升国家的软实力、增加异质文明体系之间的相互了解与认同，作用有限。还应在书籍、网络、学术研讨会、大学讲坛、学术刊物等凝聚着丰富的人文价值信息的高级精神消费场地，加大占领的比重。当今时代，谁的传播手段先进、传播能力强大，谁的思想文化和价值观念就能更广泛地流传，进而更有力地影响世界。对此，中央已经高度重视，明确提出努力增强文化软实力，进一步提升中国国家形象，构建文化中国的国家形象的要求。北京奥运会的实践充分证明了，当我们以文化的姿态面对世界、参与世界的时候，世界对我们的接纳度也随之更高，我们获得的反响也更为强烈。

二是对内要倡导人文精神。从历史上看，商品经济对于人文精神的发展起过重要的推进作用。但到了今天，娱乐、享受型的消费主义已经使人文精神逐渐消解，对人的“存在”的思考，对人的价值、人的生存意义、人类命运的关注等形而上的终极关怀日益淡化。精神生活符号化，学术研究项目化，阅读感官化、快餐化，文化传媒化、明星化，欲望的满足取代了意义的追求，思索代之以官能享受，已经逐渐成为一种趋势。近年来，有一个文化现象颇堪注意：相对于人文精神的消减，“谋略文化”却十分盛行，许多人热心于研究谋略，图书市场“谋略热”经久不衰。只要你置身书摊、商场或官场中，立刻就能感受到这种氛围。谋略的智慧依据是“争”，是对立、争斗；谋略的手段在于“诡”；出发点是谋划与争取自身利益；在思维方式上，是一种以实用、功利主义为基础的价值判断。就其内在精神来说，是与我们所倡导的求真、向善、讲和谐的社会价值体系相悖谬的。

说到历史文化散文的新境界，我一向认为，应该是诗性、史眼与哲思的完美结合。几年前，我在沈阳师范大学演讲时，针对当前文学创作中哲学的贫困和审美的粗劣的倾向，曾经提出作家要有深度的追求。我说，有人倡导“作家学者化”，我认为更重要的是要“思想者化”。任何时候，深度、深刻，都是判断文学艺术质量的一个重要标准。因此，对哲理意蕴的开掘，已经成了广大作家、艺术家的自觉追求。哲思，作为智慧之学，播种人生智慧；作为形上之学，具有深切的终极关怀。而就广大读者来说，他们并不满足于一般性的消遣、娱乐——这在各种媒体上已经得到餍足——而是期待着通过文学阅读增长生命智慧，深入一步解悟人生、认识自我，获取超越性的感悟。

其实，所谓深度意识，原是人类心理层面的一种自在意识，不是凭空外加的。渴望深刻，追求深度，不断探究其自身生存状态，属于人的本性范畴，是埋藏于灵魂底部的深层意识。尤其是现代人扬弃传统的思维方式和生活方式，更是力图从本原上把握世界和人生的意向。我同意萨特的说法：“作家的任务就是运用各种文学形式来表达自己的哲学思想和个人感受。”以历史理性的观点去透视复杂丰富的历史现象，以诗意的历史观去洞见历史表象背后的精神隐秘和心灵轨迹。

出生于旧俄时代的列夫·托尔斯泰，由于

具备人文精神与终极关怀，面对民族的苦难，能够将它上升到人类的痛苦、人类的命运层面上思考。罗曼·罗兰誉之为“俄罗斯的伟大的心魂”，“曾经是照耀我们青春时代的精纯的光彩。在十九世纪终了时阴霾重重的黄昏，他是一颗抚慰人间的巨星”。我们的鲁迅也是这样。

要实现终极关怀与深度追求，作家应该学会掌握“第二视力”，凭借“第二视力”的思想之光，照亮“对象—题材”，闪现出审美的绚烂。这是列夫·舍斯托夫在论述陀思妥耶夫斯基时提出来的。他把作家的眼光分为两个视力，他说，“第一视力”是“天然眼睛”；而“第二视力” 则是非同他人的作家自己独具的眼光—视力。这“第二视力”可称为“文化的眼睛”——“文化视力”。

**丁宗皓：**历史事件、历史人物等文化散文写作，不在于带着大众重新温习历史事件，不在于说出一些更背景化的真实，而在于让大众建立自身和文化传统的联系，认识自己，即了解自己的文化身世，回答“我究竟是谁”、“从哪里来”的问题，当然是要说出“要到哪里去”的结论。作家对这个问题的回答，其实就是参与了精神家园的建设，我理解这个建设即余英时先生所说的“文化重建”。

谢谢您。

原载《当代作家评论》2010年第1期

# 对话《乡邦札记》

——答渤海大学教授林嵒

**林嵒：**你的散文随笔集《乡邦札记》出版以后，引起了广泛关注。《人民日报》《中华读书报》《文汇读书周报》都刊发了评论文章。特别是《当代作家评论》刊发了何言宏、吴俊、秦朝晖、苏尼娜的评论文字。今天，请你就《乡邦札记》写作的相关问题作一次对话。请先谈一谈你的写作观。

**丁宗皓：**一提到“写作观”，这个事情就变得复杂。断断续续写了这么多年，原来感觉自己的观念是清晰的、确定的，但写着写着就混沌了。今天思考这个问题，得从文学有什么用开始。远的不用说了，上个世纪八十年代以来，文学从空前地被大众重视，到今天普遍地不被重视，当然也不被看好，可以说是从天堂来到了地狱。普遍的情况是，今天只要离开了文学人群，其他更广泛的人群里，几乎没有人关注文学，而这个文学的人群，仍然是少数人组成的。

排除种种经济、社会因素不说，八十年代以来的变化，本质上的确是文学回到自己应有位置上的过程。无论如何，文学都具有工具意义，但是应该是什么工具？我感觉我们赋予文学的工具意义太重，使文学根本无力承担。比如我们不自觉地首先强调的是文学的认识功能，动不动就说，深刻地揭示了什么等等。其实，这是文学无力承担的工作。而文学一旦承担起这个工作，就直接造成了概念化问题。文学批评这么多年里，一直在批评主题先行，概念化，图解政治、经济与文化。但是，同时你又要求它具有深刻的认识价值，这本身就是自相矛盾的。所以，我的写作观很简单，文学就是要写出美的东西。

**林喦：**你所认为的文学工具意义在哪里？

**丁宗皓：**文学如果直接提供社会的结论，

那么文学其实就不存在了。我所理解的文学工具意义，在于文学能够呈示精神世界的神秘、复杂，揭示现实与精神世界的关系，等等。它关注的是情感，是体验。这样，我们对文学的关注，就会从精神开始，从生活中的小，而不是从大开始。我的写作动机很简单，就是记录自己认为有意义和有意思的事情，除此以外没有别的。文学有一个责任，就是要让混乱、芜杂的现实世界变得有秩序，变得有生趣。特别是在当代物质生活中，文学为人生价值做出一个新排列，而排在第一个的，肯定不是物质。我想文学的力量，就在这里。如果没有这个力量，文学就结束了。当然，人类向往的生活，可能也就结束了。

**林岳：**《乡邦札记》写的是六十年代生人的共同记忆。在这里，你用了大量的笔墨，回顾了自己的乡村生活。许多东西是我们熟悉的，亲切的。有人认为这些文字里，有一种彻骨的伤感。这和生活的急剧变化有关，虽然经历了太多的社会变迁，我们如此回忆过去的事情，是不是太早了？

**丁宗皓：**1998年，我出版了第一部散文集《阳光照耀七奶》，挚友、诗人野舟写了一篇评论，题目叫《这么早就开始回忆了》，说的也是这个意思。一个人写什么，似乎是他自己能够选择、掌控的，但是情况又未必如此。因为好的，能够被称为文学的东西，都和自己的记忆有关，即一个作家最为擅长的，其实只有自己熟悉的事情。只有自己熟悉的事情，经历了精神的储存、发酵，才能投入心灵的力量和温度。表面上看，一些作家写了当下题材，但是所使用的经验无不是来自于记忆，否则，那就是纪实或新闻，而不会是文学本身。一个很年轻的朋友不认同我的写作方式，他认为我已经是一个靠回忆活着的老人，不再拥有现在。想想，这话没错啊，在当下，写乡村、回顾过去的生活，的确给人以怀旧感，如鲁迅笔下的九斤老太。这其中有一个缘由，即生活已经发生了剧烈变化，以至于回忆和当下生活脱节，特别是价值脱节。这倒是一个严峻的问题。

**林岳：**脱节难道不是文学写作一件危险的事情吗？如果作家和读者之间，共同经验丧失了，写作显然就面临了严峻的考验。

**丁宗皓：**文学现在面对诸多考验，共同经验的丧失——即文化价值碎片化是写作的最大考验之一。所以，我认为，一个伟大的作家必然会是一个文化重建工作承担者。因为作家需要通过作品重构文化记忆，做这项工作的前提是，一个作家要告诉人们，他要的是什么，生活价值的主流应该是什么？即一个作家要给出答案，要作价值选择。这个价值选择，是通过叙事、塑造形象来完成，通过对美的叙事来完成。我觉得一个作家的深刻，并不在于发现生活的不足甚至黑暗，也不在于让这些不足得到完全的呈示。这个不是文学的最后目的，这个任务，每天不断更新的博客都可以替你完成，快得连文学甚至插不上手。

文学也不应该在这个揭露过程里简单地扮演不断解构意义和价值的角色。我感觉在生活中，通过写作，当一个批判者不是一件很难的事情，如果我们按照现代化标准，去要求中国当代生活，那么我们会觉得活着的每一天，都是让人绝望的。文学要给出价值，尤其是要在废墟上指出价值。即使那是一些被视为陈旧的价值观，捡起来，擦拭它，也是文学的任务。

**林嵒：** 中国文学已经形成了一个写作动机，即求新。记得你在《在碎片上》一文中，描述五四以来诗歌现状时，采用了这个说法。你现在所表达的，也是同样的判断。

**丁宗皓：** 是。但这不是我的发现，我只是引述了一些海外学者的看法。但是我感觉这是中国文学，特别是当代文学的重要症结之一。一个国家的现代化，一个国家追求发展的历史，无疑是一个求新的历史。但是文学如果和经济社会一样，追逐新，会带来很多问题。事实上已经带来很多问题。这些问题关键之处在于，用两元对立的思维方式，处理精神价值问题。附带的问题是，中国当代文学在求新的动机下，根本摆脱不了图解政治、图解经济、图解文化的命运。文学只是复杂精神世界的重现，如果不关注痛苦，不关注个体命运，没有怜悯，没有同情，文学就找不到存在的理由。

**林岳：**《渤海大学学报》（哲社版）自2011年第三期开始，在《渤海论坛》栏目里以“新东北作家群”研究为内容连续刊发了几篇文章，产生了一定影响，其中有人说，这是“乡土文学”研究的新开始，就我个人而言，“新东北作家群”的命名与研究范畴，这固然具有了“乡土文学”的特点，但我觉得“乡土”二字中最为重要的是要具有“田园情结”，看了宗皓兄的《乡邦札记》，尤感“田园情结”的浓烈。那么，你是怎么理解“田园情结”的?

**丁宗皓：**不管怎么样，从技术上说，文学总是要分类的，而按照题材分，毕竟简单易行，但是在理论上容易碰到问题。我写作《乡邦札记》时，没有想到这是一部乡土文学。我只能说，一个人一辈子的写作都和记忆有关，都和熟悉的生活有关，而我恰好熟悉乡村，写那里的一草一木。如果你认为这就是乡土文学，我也没有什么意见。但同时我们都知道，真正好的文学都是关于心灵和命运的，与题材关系并不大，超越题材局限，达到哲学高度，是作家的梦想。我们都生活在这个梦想里。

“田园情结”是乡土文学精神本质，这才为乡土文学找到了精神上的支撑点，这个是成立的。但是我们在解释“田园情结”时又会出现问题。我想这里有很多层面的意义可以阐发。

一方面，我们所理解的“田园情结”，是传统意义上的，是与“庙堂文化”对应的文化。即：传统“士”的精神避难之乡，里面主要价值是“隐逸”，归隐田园。我想，道家文化提供了这方面的丰富滋养，中国古典文学有这样的传统，当然有伟大的作家作品。

但在当下，文学“田园情结”具有特殊的含义，即它作为中国作家的乌托邦而存在。如果真切地到乡村中走走，看看那些熟悉的父老乡亲，了解他们的生活和困惑，就会发现，中国现代化过程中，乡土文化正处于急速的凋敝之中。原来尚有城乡文化的二元对立，乡村文化据有文化一极，但是现在连这个都没有了，乡土文化正处于分崩离析之中。这时的“田园情结”值得警惕，因为它含有文学以外的意义。如果我们对现代化生活严重地水土不服，你一定认为乡土是需要我们回去的地方，这就可笑了。如果文学中包含了这样的价值，无疑是一种倒退。

我理解的“田园情结”，是对大自然——大地、山河、草木与生命包括其间并行的生活方式之间关系进行文学考量后，形成的一种特殊思考。农耕文明背景下的文学，把人和自然的关系写到了极致——天人合一的境界，从《诗经》到唐诗宋词，莫不弥散着这种气息。而今天的文学，大自然已经完全退场。而大自然重返文学时，则又改换了面孔，变成了一个被怜悯——而非敬畏的对象，所谓的生态文学就是如此。在那里，大自然没有获得它应有的身份，生态文学中的价值取向，关注的仍然是人自身利益——他们要从大自然里获得长远而非短期的利益。我理解的“田园情结”，应该建立在正确的对人类有价值和有意义的、与自然关系的思考上，当然也是与自然关系的重新确立——那就是人，仍然是大自然的一部分，草芥而已。我们应该在这个基本姿态上，看待自己和世间万物。

**林喦：**你在《乡邦札记》中是如何展示“田园情结”的呢？

**丁宗皓：**“田园情结”是个概念，而落笔下去的每一个字，都是具体的。走进一个乡下村庄，当然你会知道，这就是田园。四季轮转，生命更迭，我们的乡下父兄甚至比草更微末，草会有一个固定的名字，逢季再来，而生命逝去，尘烟散尽，无影无踪。但是人活着，总要为活着这件事情找到理由，金钱和富足都是短期目标，都构不成最后的、能够说服人的理由。那么还有什么是生命短短一季中，重要的生存理由呢？我想，快乐、放达、内心宁静、乐天知命、视死如归，等等，都是理由，这里面的每一项，都包含着生命的超越性。你可以注意到，在这些要素里，物质从未被视作必要条件。当然，在现实生活中，你会说，没有基本的物质保障，还谈什么生活态度？我想你说的当然是对的，但是，这个问题不能和文学搅在一起谈。天下伟大的作家里，似乎也没有几个是真正的有钱人。

如果一个人没有把自己放到大自然面前，去思考命运问题的话，上述的一切无从获得。我的“田园情结”其实没有别的，只是复述了这个常识——我们生命所需要的，往往是最为简单的东西，最为简单的东西，往往最有力量、并能够直指人心。这只能凭着真纯的心灵去搜寻，在当下，又往往是最难得到的。

如果非得把这样的写作和时流对立起来，我是不情愿的，文学应该有自己的征服心灵的方式，而不是自己跳出来赤膊相见。文学征服心灵的唯一方式，就是用简单的话，叙述简单的故事，你认为有趣的故事，让读者都觉得有意思，倘若能久久不忘，就成功了。还有，我认为，真正好的文学，不会有那么多读者，也不会那么快被人接受和喜爱，这就是文学和有价证券的区别。所以，我相信，文学的确是少数人的事情，如果变成了多数人的事情，那说明有心灵需求的人群已经成长起来，他们开始关注生命的意义，开始问，人怎么活着才有意思这样的问题。

《乡邦札记》中的“田园情结”，并不复杂，当然也不是粉饰正在凋敝中的乡村，当然读者有权利这样认为。我想我写下了一些我认为乡村社会中最好、也是最美的事物，我认为这些事物仍然是未来生活中必须恪守的价值。这些价值，并不随乡村文化的凋敝而失去意义，相反，那些价值带有巨大的稳定性。没有哪一种生活是完美无缺的，乡村社会一样，现代化的城市生活亦如此，我们能够选择的，只是有意义、有尊严、有爱的生活的一面。我要写的，是乡村生活的这一面，我选择写出这一面，而不是另外的，比如让人感到苦难、绝望无助的那一面。我想我有这个权利，表达我喜欢的生活期待。

一些朋友读《乡邦札记》，感受不同，有的差异居然很大。有人说，整个一本小书，洋溢着悲悯，读后让人伤感。而有的朋友，居然读起来就笑，说写得好玩。我想我呈现出的“田园情结”，是一种能够从乡村贯通到今天生活中的情绪，不是为了唤起读者的乡村记忆，让大家思想和情绪往回走，而是唤起我们自身的文化记忆，让我们带着温暖的心绪，从容地往前走。我们生命中的文化记忆，我们的出身，不会成为现代化进程中，急于洗掉的、耻辱的精神印记。至少我是这样努力的。

**林喦：**阅读你的《乡邦札记》，犹如行走在喷着乡土气息的田园农舍。这是一部散文集，但阅读起来仿如小说，虽然每一篇都单独成章，但连起来，甚至仿佛是一部长篇小说，这是种散文化的叙事方法，你为什么偏爱这种方法？

**丁宗皓：**我认为自己的文字，只是散文而已。可能只有那些大作家，才能做到囊中藏着多种手法，像用不完的飞镖，可以自由选择哪一种。我做不到，另外我觉得所谓的手法，其实只是叙事习惯。但讲别人和我自己的故事是我的偏爱，丝丝缕缕地说事儿也是。写作是一个做减法的过程，是把抒情去掉，把议论去掉，总之，把多余的东西去掉。选择并讲述了一个故事，其实作者的立场已经表达了，议论与抒情则是多余的。另外，讲述一个人或一件事，显然经过了把他或它从你经历的众多事物中挖出来的过程，这是一个什么过程呢？对于小说家来说， 这是寻找陌生化阅读效果的过程。对于散文家来说，可能激发了抒情和议论的冲动。但是，对于一个诗人来说，则遇上一个提纯后意义丰沛的符号， 他的关注点和兴趣，侧重于这个故事的隐喻性和寓言特征——一个很小的故事，仿佛带着更大的背景，而在文字中又不留一丝痕迹。诗歌写作帮助了我，培育了这样的习惯。在我看来，本书中的很多篇章，虽然像小说，但其实更像诗歌，很多东西可以写成诗歌， 而诗歌又是文学的最高形式，为什么没有呢？因为，诗歌会造成浪费，会造成大量的富有张力的生活细节的浪费，因为我没有坚决舍弃的能力和信心，所以就以诗歌的习惯，做成了散文样式。没有想到的是，读起来却像小说。这个后果很奇怪。

**林岳**：《乡邦札记》中，你写很多人，这些人各有特点，甚至传奇性，如“七奶”；你也写了物，如“水豆腐盛宴”；也写了小生命，如“麻雀传”，等等，感觉信手拈来。你对农村生活的观察相当细致，对凡俗的世相百态不仅有着细致的描摹，更充满人文情怀，这些你是怎样做到的？你的写作原则是什么？

**丁宗皓**：为什么写作？这是一个很难回答的问题。我想是习惯吧，就像有压力时，不自觉地掏兜，摸一根烟出来。我在传媒工作25年，但文学写作从来没有放弃过，同时也从来没有想到去专门的文学部门工作。文学不是一个战线，不是一个行业，当然更不是一项工作，文学是超出这些界限、同时不能做这种区分的。只能说，文学是发生了精神困境、愿意以精神方式解决精神困境的人，可以选择的一种生活方式。对，是一种生活方式。凡无心于事，则无事于心，观察生活，愿意把自己打开，不仅是解决精神问题，而且是向更光明的世界敞开自己的心灵，让心灵没有黑暗，没有恐惧。如果能站在这个角度上生活，写作就变成了一场持久的学习，万物与生命都成为奇迹，都是你的老师，都值得为之惊叹。包括一只鸟，包括它整理翅膀的动作。它蹲在电线上，任雨水淋湿身体，这时，你的心会软下来，会为之一悸。

当然，写作也会把一个人引进狭窄、黑暗与禁锢，把人生引入死局。这是写作另一个后果。我的写作原则没有别的，就是写出美的、让你快乐的东西。在深刻与趣味之间，我选择后者；在小与大之间，我选择前者。

**林喦：** 读《乡邦札记》，感觉你有着丰富的人生经验和体验，这里是否有你童年的记忆？还是成年人的感怀？

**丁宗皓：** 文学需要温暖人心的力量。而今天的社会文化土壤上，最茂盛的作物，其实不是别的，而是相对主义、怀疑论，本质上是一种虚无主义。首先，讲述一个动人的故事，会不会有人相信？对于作家来说，自己是否相信天下有动人的故事？相对主义、怀疑论以及虚无主义，可以培育尖锐的思想家与批判者，可以尖锐地解构生活表面一层层的价值和意义，让森林成荒原，让存在变荒谬。和提供一点温暖人心的故事比起来，解构价值和意义，反而变成了一件容易的事情。

《乡邦札记》里，有童年记忆，也有成年人的感怀，这两个内容剥离不开。我对乡村的了解， 其实是我写作和观察生活的一个出发地。 无论是记忆还是感怀， 都要找到一个核心，最能打动人心的东西。

一个作家要不要相信，生活中到处都是打动人心的温暖，能不能呈现这些，已经成为一件关乎信仰的工作。1998年，我在《阳光照耀七奶》一书中，写了我的“七奶”，在《乡邦札记》里，我用三个短文续写了这个故事。故事很简单，就是一个老人坚持要回到故乡，平静等待死亡的过程。此间，老人没有焦虑，没有恐惧与悲伤，只是在那里乖乖地等待死神把她领走。里面的每一个细节都是真实的，也是微末的，但是震撼人心。我是因为震撼才把她写下来。一个人对待死亡的态度，是一次生命的布道。本质上说，表达了信仰。

我不是很喜欢感怀，尽管常常感怀。根本上，写作是一种感怀，但是碰到记忆，我就会变得小心翼翼。因为记忆可以拿出来感怀，但是旧岁记忆，留在你的心里，它要更加坚硬，对你更有认知价值，因为记忆不是不变的，在你一生中，每一次翻检，都会有新的体悟和认识。这一切，把它写出来就行了，无需感怀。

**林喦：**你在你任职的《辽宁日报》搞了影响巨大的“重估中国当代文学价值”系列报道，你本人怎么看待中国当代文学的价值？你认为中国当下文学创作存在的最大问题是什么？

**丁宗皓：**“重估中国当代文学价值”之后，今年，我们又做了“重估中国当代文学批评”，也是一个影响巨大的策划。在两个策划过程中，每一个环节我都参与其中，每一个命题和结论都经过了同仁以及与专家之间的充分讨论。那些批评代表了我本人的想法。做这样的策划，是因为我们把文学问题，看成是一个文化问题，因为文学问题，本质上已经成为一个文化问题。总体上来说，中国文学最大的困境是，没有信仰，没有稳定的终极价值关怀，连人、人性、人道主义这些基本的价值都坚守不住，并且参与了财富竞赛。这些都是社会转型期必然出现的特征，一点都不奇怪。但是，总要有人说出这个真相，总要有媒体表达对这个真相的认识，总要有人感到文化堕落的内在危机。我们用两年的时间，做了这样一项工作。

但我对文学抱有巨大的希望，因为，有王安忆、莫言、阎连科、余华这样的中国作家，在不断地进步。有那么多的批评家，积极投入我们的“重估”活动之中，他们不屑于智慧的沉默，站出来发言。而在更广阔的背景上，有更多的作家，已经把写作真正地变成了个人的生活方式，他们都是业余的，甚至不屑于作家的身份。文学的希望首先在这里。

原载《渤海大学学报》2011年第5期

# 一条路　一群人

## ——湖社补记

今天，辽宁日报刊发了一篇题为《今年，为什么纪念湖社?》的文章。我想，很多人看过后，会有这样的疑问：湖社是什么？为什么纪念，而且是在今年？和辽宁有什么关系？

九十多年前，那场影响深远的新文化运动，剧烈推动了中国文化现代化进程。胡适、陈独秀等新文化运动主将，把中国传统文化置于被审判的立场上，这种现代与传统的两元对立意识，一直在历史中延伸着。

但历史是多面的，与“文化革命者”并行在历史时空中的，还有另外的一些人，一个群体，比如：湖社，以及湖社影响并带起的更大人群。他们所努力的方向，是对中国传统文化保持一种客观、冷静的态度，他们认为，中国艺术的现代化，必须建立在对传统的深入学习、梳理，借鉴并吸收外来文化的基础上。

是啊，今年为什么纪念湖社？纪念湖社，我们就可以透过历史渐渐落定的尘烟，看到新文化运动的另外一面，看到历史的丰富性，看到必要的激烈，和经过九十年后，文化重建的出路这个答案的给出。特别是在全球化的背景下，湖社有太多值得我们钩沉的细节。我认为，每一个细节，都能给今天文化建设者们，一种暗示、一种启迪。

在一般的想象中，新文化运动的主将们，大多喝了洋墨水，西装革履，回来后指点江山，都像从美国回来的胡适先生。而湖社成员们自然是头戴瓜皮帽、身着长衫，这样才符合文化保守主义的身份。然而，事情绝非如此——湖社的主将们，许多人同样也是留洋归来，穿过西装，吃惯西餐，同样满口流利的外语。——这样，他们对传统文化绝然不同的态度，就有了更深刻的历史况味。

湖社创办人金城（1878—1926），祖籍浙江省吴兴县。他家学深厚，兄弟姐妹早年都游学欧美。他本人在英国伦敦铿司大学攻读法律。中华民国成立后，任众议院议员、国务秘书。湖社另一位重要成员陈师曾（1876—1923），湖南省凤凰人，著名诗人陈三立（陈散原）长子，历史学家陈寅恪的哥哥，曾留学日本，攻读博物学。

同样的留学背景，对中国文化危机却保持足够的警觉。在创办湖社之前，金城参与筹备了北京古物陈列所，将北京故宫内库、沈阳故宫以及承德行宫所藏金石、书画收集到一起，在故宫武英殿陈列展览，供广大群众和画家们研究学习。而陈师曾从日本归国后，从事美术教育工作。在文人画遭到陈独秀等人的冲击之时，他则高度肯定文人画之价值，这份坚定，成为新文化运动中，一种与众不同的声音。

湖社成立后，活动经费出自庚子赔款，这让人觉得奇怪。当然金城是政府官员，当时的北京政府大总统徐世昌热爱绘画，但这不足以解释，怎么能把庚子赔款拿出来当作活动经费。今天，我更愿意相信，在那个年代里，文化危机感不是传统文化人与现代知识分子群体所独有的。

在五四新文化运动的语境下，湖社的文化

视野是开阔的，他们把东方文化看成是一个整体，这一点绝不逊色于今天的知识人群。这就是为什么湖社和日本画界，举办了四次重要交流展览的原因。其中的一次，即1922年，陈师曾赴日本参加交流展览，带去了齐白石的画，让齐白石一举成名，那一年齐白石六十岁。

还有很多值得研究的情况，湖社是一个艺术家组成的团体，但是这些艺术家身份复杂，大部分是教授，带有深厚的国学背景，他们平时在北京各大学课堂上教学。活动日，来到湖社交流创作体会与理论心得。以文化与学术层面而论，这一点是今天任何一个艺术团体所无法比拟的。

还有，在湖社里，像黄宾虹这样的国画大师，担任了教师；像金城这样的大画家，还亲手为《湖社》月刊撰写文章。在《湖社》月刊上，金城写过一篇文章，大意是告诉人们，画画要注意观察自然，比如画一只要飞的鸟，它在树枝上，身体应该是下沉的，而刚刚落上的鸟则正好相反。金城以自己的体察，其实把人们引向了国画背后的中国哲学传统。

和激烈的文化革命相对应，湖社开辟了一片独特的文化风景，催生了天津湖社和京津画派，等等。这把我们引向了社团与画派关系的思考。上个世纪八十年代，辽宁湖社的复建者，鲁迅美术学院教授晏少翔，就是老湖社画会成员。以湖社的方式，承继湖社的文化梦想，是一个从来没有断过的涓涓细流。

而今天，实际情况是，中国画传统连同它的中国传统文化背景，在多元文化的格局中，仍然难免于被逐渐集体遗忘的被动。中国画所依托的中国传统文化，如何继承？教师断代问题如何解决？谁来指出美术学院教室里，仍然摆着的练习素描的石膏像，所训练的是西画的基本功！笔墨与线条，还有几个人懂？

2008年，基于多方面考虑，九十四岁的晏老和辽宁湖社常务副会长、国画家韩敬伟议定，拟在北京发起“湖社”复会活动，按照1920年的构架，重建一个大学教授、学者、艺术家组成的湖社，在涵养并传承中国文化的同时，传承中国画。韩敬伟现在是鲁迅美术学院与清华大学美术学院双聘教授，在美术学院里，他深知中国画传承的内在危机有多大。

去年今日，韩敬伟就在北京复建湖社的动议请教了著名学者王世襄。王先生坐在自己家大厅中央，一把中式椅子里，九十五岁了，仍然思路清晰，笑眯眯地，亲切和蔼。他说，很高兴能重建北京湖社，只是自己年事已高，不知道还能做些什么。王世襄的母亲，是老湖社的著名花鸟画家金章，老湖社创办者金城是他的舅舅。

那一刻，本人就在现场。那算不算一个文化现场？

著名学者余英时说："五四是一个未完成的文化运动。"新文化运动的主将们和湖社的成员们，都是这场文化运动的参与者，都在以自己的方式重建中国文化。现在，在全球化的语境下，文化重建，还在进行，和当年不同的是，如何重建，有了清晰的答案。

一条路上，远远的，还有一群人。但文化重建，远非一群人能力所及。更多人，尤其文化界内外的人们，需要加入到这支队伍中来。

# 越飞越快的时间啊

在法国人佩雷菲特所著《停滞的帝国——两个世界的撞击》一书中，可以看到一位名叫W·亚历山大的人的绘画（我不称其为作品）。这是我有限的阅读中所看到的，最早的外国人关于中国的绘画。记录的是W·亚历山大所目睹中国城乡的一些情景而已，速写的味道很浓。绘制的时间在1793年。

这一年，W·亚历山大随着马戛尔尼的英国使团从广州北上，船队从杭州进入京杭大运河，最后航行至天津、抵达北京。从亚历山大的作品可以看到这个旅程的经过。他最初画的是舟山附近的船、清朝官员等，但从进入到京杭大运河开始，则进入了农业中国的腹地。亚历山大是这个近百人庞大使团中的画师，从杭州开始，他的画里，就开始多了中国人熟悉的人和事物，比如“正在吃饭的拉纤人”、“全力以赴的拉纤人”、“中国人玩斗鹌鹑”、“罪与罚”系列，其中包括“法官审判妓女”、“官员命施杖刑”等。而更接近我们乡村生活经验的是，农民家庭：“背着孩子抽烟的妇女”、“风帆独轮车”、“鸬鹚捕鱼”等。

一个人若想看到自己真实的形象，需要一面镜子，W·亚历山大的眼睛就是1793年11月间通过大运河的镜子，尽管照见的仅仅是河岸上几个孤立的影像。

和画比起来，照片当然更加真实。和W·亚历山大使团成员身份不同，清朝，有一些来到中国的、留下一段时间不走的外国人，即传教士、商人、旅行家等。这些人不仅有机会进入中国乡村，更重要的是，获得了深入了解乡土中国的可能，何况，他们有了照相术。美国的明恩溥就是一位传教士，他1872年来到中国，先后在天津、山东庞庄传教，1905年辞去教职，留居通州写作。《中国乡村生活》即是他的一部专著（1998年时事出版社出版）。我注意到的是书里有一些珍贵的照片，不知道是否是明恩溥亲手拍摄，关于这一点，书中似乎语焉不详，但我觉得可以视为他的拍摄，因为他的文字和图片之间，有一种天然的联系。

但，那的确是很有震撼力的照片，拍摄者似乎有意地按照一个专题来做，照片拍摄了乡村集市；晌午间，铺着上衣就地而卧的农妇，马站在一侧；挤满人的乡村渡口；村井；被母亲扯着上教会学校的孩子；走村串乡的铁匠们；推着木制独轮车的赶集者；看守庄稼的窝棚；割谷子的农民，乡村里鞋匠；说书人；灶台旁做饭的女人，等等。照片上的人们大都贫困，但是都留着辫子。拍摄这些场景的时间，应该在晚清。

无论是马戛尔尼使团的W·亚历山大还是明恩溥乃至更多的明恩溥，作为一个中国文明的外来者和旁观者，不管采用什么方式，都会认定他们从文化意义上描绘了一个完整的、停滞的中国，或者一个代表整体的中国局部，比如中国乡村。但事实上，马戛尔尼使团造访中国四十年之后，鸦片战争发生，中国已经被迫开始了近代化过程。作为一个外来者，传教士明恩溥在中国传教的时候，中国已经开始了变化的过程。

蒋梦麟在《西潮》一书的第五章，写到了明恩溥一样的传教士：“传教士们不顾艰难险阻，瘴疠瘟疫，甚至生命危险，遍历穷乡僻壤，去拯救并不相信上帝的中国人的灵魂。他们足迹所至，随身携带的煤油、洋布、钟表、肥皂也就到了内地。”“传教士原来的目的是传布耶稣基督的福音，结果却无意中为洋货开辟了市场。”

本书的开篇，蒋梦麟所描绘的是十九世纪末的，他的老家蒋村。蒋村位处钱塘江冲积平原上，距离杭州不远。在这部书里，仍然能够嗅到浓郁的乡土味道。我相信W·亚历山大经过杭州，和蒋梦麟所描述的中日甲午战争时期的杭州乡村不会有太大的变化，如果有，就是“西潮”，“西潮”在蒋村的存在，就是“……现在突然有人从上海带来了几盒火柴。……火柴在当时叫‘自来火’，因为一擦就着，也叫‘洋火’，因为它是从外洋运进来的。”——外来者看到的中国是古旧、不变的，在蒋梦麟看来则是激变的，“西潮”就是西方文明的潮流。

但，对今天的人，现代化是一个多么复杂

的过程，其中有些变化是剧烈的，而有些变化则很缓慢。W·亚历山大笔下、明恩溥镜头中的许多乡村事物，比如木制独轮车，比如叼烟袋的乡下妇女，还有那里种种场景，都曾经是我们乡村生活记忆的底色，甚至是精神家园的要素。我的母亲，蹲在土灶前烧火做饭的样子，和同样烧火做饭的晚清妇女没有什么不同，若有不同，也只是服装而已，至于屋子、土墙、木制做饭家什，并无二致。

我有三个自己颇为得意的收藏，一个米斗，一个米升，一个拍子。前两者是衡器，不用说了，七十年代，辽东乡下还在使用。后者是苫房子的工具，这么一说就麻烦，还得具体加以说明。这样说吧，以前的乡村和今天不同，没有瓦房，除了蒋梦麟那样的小康之家以外，都是草房。辽东的草房用一种叫苫房草的草做顶，草整捆截断，斜摞在房上，拍子就是要把草拍实的工具。现在早已不用，以至于现在很少有人认识。

一个秋天，在老家老屋的房山头得到了它，挂在那里，已被风雨雕蚀。拍子柞木料的，制作于1940年，还保持了一个完整的外形。我收藏它，是作为记忆，而不是记录，和W·亚历山大以及明恩溥的动机有了明显的不同。

四年前，盘锦市委宣传部任职的一位诗人老大哥到乡间走，看见一处弃置的草屋，他无意透过挂满蛛网的窗户往里一看，结果引出了诸多事情。

——不久，在盘锦有了一次民俗展览，所展出的，都是乡村生活的各种用具，里面也有我收藏的米斗。许多东西，我们在W·亚历山大的画里看过，在明恩溥的照片里更多，如果把这些东西都使用上，封闭在一个草屋里，只要我们生活一天，相信谁都搞不清楚，究竟生活在什么时代。

事情还有新的发展——展览引起了很多人的兴趣，于是报纸上要介绍，每一种农具或家什都得有介绍啊，说明啊，还得分类。比如说，笸子不是厨房里的东西，比如不能怪炕桌的腿短等。另一个我们都管他叫杨哥的文物工作者杨洪琦应邀开始细致地写起了说明，他在盘锦文管所工作，对这些东西十分熟悉，写得那个细啊，读起来让人忍俊不禁，又分明带了伤感。

接着，一个叫郝国平的漫画家，把这些家什的用处通过漫画的方式作了还原，使人活生生地回到了从前。比如，他画了一个挂在墙上的老家谱，两个人对着家谱叩头，郝国平的说明是："过春节叩拜祖先。"他画的"泥火盆"的边上，一个梳着疙瘩鬏的老太太盘着腿在那里抽烟，一切如此熟悉，一切如此遥远。看完这些，过去时光带着温暖的感伤来到了心里，久久不散。郝国平也是一位在农村长大的画家，喜欢喝酒，画仿佛是微醺后的结果，显然，对过去的生活，他还有一份沉醉。

最后，出了一本书，叫《盘锦民俗》（中国书画出版社，2006年）。在盘锦收集的乡村家什，就叫盘锦民俗，但其实，那些也是辽宁民俗，也是中原民俗，如果丰富一些内容，那就是中国乡村生活的工具符号。

在外来人W·亚历山大那里，乡村是停滞的；在传教士明恩溥那里，乡村有更深的停滞；在孙中山秘书、北京大学校长、文化大家蒋梦麟那里，乡村在惊奇、惊喜、惊恐中发生着巨变，仿佛婴儿诞生的前夜；在我爱喝酒的朋友那里，乡村已经冲出了我们的生活，我们和乡村之间的脐带似乎已经剪断，剧变的阵痛已经演化成对遥望背影的感怀。乡村，从记录的对象转成追忆的对象，这意味着，一直都在准备成为过去的乡村时光，终于要成为过去了。

现代化像一列高速的火车，车头已经消隐在视野里，还有很长的车身需要从我们面前经过，这让人们激动。但实际上，现代化是一场洪流，它涤荡的，比我们想象的多得多。

# 六十年代造

一位老友出了一本散文集，名为《生于六十年代》。这个书名划定了一个基本的叙述范围，即：一个生于六十年代的人在生活中所记忆的与所选择的，前者是别人的事情，后者是自己的事情。

这只是一种指向，是编好的一个筐，里面装了林林总总的生活杂记，相信每一个六十年代生人看了，都会有所触动。——但有言在先，这本书，不仅名字不那么抢眼，内容当然也是穿着衣服写出来的，与上下半身都没有关系，甚至也没有考虑市场。以我对他的了解，他的写作，与稻粱无涉，只为立言。

——以含蓄的方式表达自己，把自己的表达谦逊地示人，这是他对这本书的态度；再微末的个人思考也是思考，只要是思考就有意义，意义是生活中的特殊光线，有些人需要依赖这些形而上的东西活着，这是他写作的内在动机。说到这里，有人会疑惑。的确，这种方式的写作和出版和当下这个时代是脱节的。而这就是我要在本文中描述的，六十年代生人所具有的某种共性的精神特征。

生于六十年代，是一个平和的表达，准确地说，是被生于六十年代。父精母血，一个生命的孕育过程， 是一个被引渡到人世间的过程。我所以刻意地使用“被”字，主要想表达另外一层含义，即：任何一个人都是时代的产物，是特定年代文化的产物。引用一位美国文化学家的说法，即任何一个时代都有特殊的精神背景。一个人在社会化的过程里，生命里打下了什么烙印，就有了什么样的精神胎记，如同一块红而柔软的铁，在流水线上，通过钉子的模具成为钉子，通过路轨的模具则成为铁轨一样，这胎记一生跟随。

所以，六十年代生人就是Made in 1960s，也就是六十年代造。 在这个十年的跨度里出生的人，也是一个浩浩荡荡的队伍，队列的前头已经通过了孔子划定的不惑之年，队尾也将迅速地抵达这个门槛。这是一支带着什么样精神胎记的队伍？精神胎记的本质，是文化，文化的载体是记忆。我们被什么样的记忆所塑造？

整个六十年代的阳光里，前几年的贫困是成人的事情。如果一个六十年代生人说，我经历了三年自然灾害，真痛苦。这话不能相信，因为一个人的童年根本就无所谓痛苦，即便有痛苦的话也是成人后的总结，动用了成人的经验，是一个概念。上帝厚爱人类的标志之一，是童年生活里对于痛苦的天然免疫。

此后的“文革”，对于父母、社会、国家来说是一场人为的灾难，而对于六十年代生人来说，只是一场大人的游戏，其间的苦难、挣扎、扭曲、血腥甚至死亡，充其量是过于逼真的表演，这样，六十年代生人就和五十年代生人划开了一道鸿沟，从红卫兵袖标的戴上到摘下，五十年代生人经历了乌托邦式的所谓革命理想的幻灭与死亡。而这理想却在六十年代生人身上活着。

从更广泛的意义上说，在这个时间段里，六十年代生人活动在一个断流的河床上。从五四新文化运动开始的对传统文化的批判，事实上已经使我们的父母失去了这种滋养，他们所受的教育也只是传统文化无意识的熏染。“文革”中的革命意味对于六十年代生人的记忆来说，是一种消解和阻断，使他们失去了个人命运叙述和历史真实准确对位的可能。这样，六十年代造，就是漂浮在时间河流上的一代，他们精神之根扎在模糊的传统文化上。

可是事情没有结束。七十年代末到八十年代初，六十年代造在五十年代生人带动的自我意识觉醒里，精神上又深深埋下了自负使命的理性主义，在貌似张扬个性自由的背景下，本质上埋下的是对于社会的深切关怀。这样，六十年代造，实际上最后Made in 1980s。走下生产线的六十年代造，带着传统文化和理想主义双重的精神气质，去赶赴人生的盛宴。

站在不惑之年的门槛上，也就站在二十一世纪的门里，“六十年代造”们有着太丰富的记忆，一个作家说过，今天的每一个中年人，都拥有着百岁老人的记忆，因为社会发展压缩了历史空间。同时，这个记忆还包括他们自身不断地被边缘化，而他们又不断适应、改造，努力重返生活中心的经历。我相信，那个过程里，他们的创伤深重，这创伤主要来自于他们和现实生活的不断错位，也来自于对于生活意义的不断拷问和缺失，来自于等到他们每一次抵达时，盛宴都刚刚散了，眼前杯盘狼藉。

今天，求利之心成为社会主导观念，相反却激活了六十年代造的求礼之心——传统文化意识的启动。在财富积累面前，六十年代造大多想的是淡薄名利，是温良恭俭让，是红尘之中的宁静致远，是君子喻于义、小人喻于利，是君子爱财、取之有道，是己所不欲、勿施于人，是生活的逻辑应该被纳入道德轨迹。而事实上，他们面对着所认同的道德藩篱不断被焚毁的尴尬。很快，当七十年代生人坦然地出现在物质狂欢的生活舞台时，他们的社会意识被凸显出来，和个人的感官享受相比，他们更看重人生的理想色彩、历史的延续性和生活的整体性。这时的他们，像一群保守的老人。

这就是六十年代造的思想框架：在个人和社会之间，社会重于个人；在个人和群体之间，群体大于个人；在感官快乐和精神获得之间，精神仍然是终极之地。他们想在精神的废墟上，建造一个王国，并让影子投射到大地上。

所以，他们不是勇敢的一代，但他们是坚持的一代、隐忍的一代，他们衡量行为的准则是，自己是否和外在的世界发生了冲突，而冲突一旦发生，他们就会习惯性地检讨自己，维持这样的关系，让他们疲惫。于外在空间和自我之间徘徊的他们，有些优柔寡断，有时无法确认自己。究其根本，在于他们对于简单的物质世界的不容。当他们有失败感时，认同感也会相伴而来，而他们会立刻再跃上理想主义的最高处，把不断掉落下来的巨石推上去，周而复始。西西弗斯就生活在这样的命运里。这也许被六十年代生人们注意到了，也许有的已经从这个状态中走过，也许有的还是浑然不觉，但这仍然是一段六十年代生人的精神史。

但似乎没有人留意这些，在这个每一个人都想跑到所有人前面的年代里，他们的感受就像被大脚碾过的蚁穴。但是，他们自律，仿佛带着某种使命，相信自己的背影上始终落着上帝的目光，这即是精英文化塑造的一群。《生于六十年代》里，老友给出了这一代人的复杂。那是一些让人感伤的叙述，他小心、安静地告诉我们，因为脚步太急，生活中的美好，有很多被我们漏掉了。现在他拣起来，吹吹上面的土。

生活就像高速飞驰的火车，这一代人不是夹在两节车厢中的一节，只是某一个车窗后面，闪过的一张模糊的面孔。而在世俗中，六十年代造是多么可爱的一群，懦弱、善良、包容。有道德感和逃避倾向，也有谦和掩饰着的孤傲，但没有攻击性。在这个社会里，他们处于食物链的低端，至少我身边的六十年代造都是如此。因为理想主义的存在，天真在他们的心中，也没有走。在年轻一代眼中他们太像老人；而在老年人的眼里，他们更像不谙世事的孩子。

——我给他们起了一个名字，就叫：热血中年。

# 老德带我还乡

听德沃夏克时，犹如双手伸过暗夜，触摸到了爱人的手。手的后面是故乡、茅屋和母亲，是静静的远山和清清河水，是草天相连的世界。在那里，时间正从人们的身上像河水一样淌过。等我从音乐中醒来，我会看见泪珠，就像我的爱人在月下看星星时，露在草叶上凝结着，等待着在晨光里热烈地散去。像一次刻骨铭心的爱情。

老德不像我这样，心中久藏一个具体而又琐碎的故乡。于他，故乡的影子起于梦境，首先是迷蒙的远山，是雾和水。然后是银月发出风铃一样的声音。接着是关于大地的，月下的大地像一个永远的寓言一样说话。这时老德从梦中醒来，看见了异乡的阳光和楼群，他的眼中肯定含着那个时代里最为珍贵的泪水。老德坐起身来，沿着未散的梦境继续远行，故乡在他的眼中徐徐展开，像祖传的一页折扇。上面绣着乡村舞蹈和民歌。看到这些，老德肝肠寸断。

我不把德沃夏克固执的还乡当成一个旅居美国之人的心灵特例。在尼采宣布上帝死讯的时候， 那些无依无靠的心灵就开始了这样的驿动，在那个混沌的时代里，人的心灵像一张白纸，向自己心灵的走进，使那个时代里的敏感的心灵仿佛经过了一片荒原。因而，这里有了英雄和高贵，有了壮丽的生和更为壮丽的死亡，有古老的心灵的战斗和冲突。在那张心灵的白纸上，有着那个时代里开拓的精神空间，上面满是人类的尊严和爱。柴科夫斯基所感受的不再是上帝死亡给人们带来的无尽的惊喜。马勒在内心里从事着对上帝这个影像的将信将疑的拷问，拉赫玛尼诺夫的心灵飞翔在土地之上，无所皈依。而我听到的德沃夏克的声音仿佛一支锈蚀的标枪带着风声划过天际，扎在故土的河岸之上。

我无意描绘故乡的美好，在老德的心里，那个故土仅仅是一个包含着血肉的模糊存在，它表面上是生身父母和乡音乡情，而实际上是精神的万乐之源，在那里可以安置灵魂。

而今，这一切都被封存在一个遥远的时空里。那个时代里，精神上所发生的一切都被关在一扇门的后面，仿佛那是一个盛装痛苦的巨大仓库，那里的每一个对于人世的浩叹都是一个标本，标本的意义是说：瞧，那时，就这样。这就是古典主义对于今天的意义。只要循规蹈矩就可以安度一生的人们尝遍今世的铅华，他们说：来，让我们知道一下精神浪迹、茕茕孤立的滋味吧。来，让我们痛苦一下。

老德和他的同代人就这样被看成是精神的一段历史和奇迹，而且是不会再生的。今天他们的思想和远足的辛劳都被收藏在一张张由现代技术完成的精美的CD里，作为点缀，他也是属于少数人的。

当老德们的声音在静夜中响起时，那种声音固执挣脱开意识的钳制，它裹挟着我们的魂，做一次上接碧落下贯大地的远行，因而那些永远的诘问再次出现：我从哪里来？我是谁？我要到哪里去？让我们在当日的浮华里感到人生荒芜所带来的惊竦。而周遭，只是笑声和快乐，是装饰过的幸福。

的确，沿着个人生命纵向的追寻还有什么意义？我惊异地看到所谓的痛苦像一扇门一样早已在人们的心中关闭，我们内心的生成不再依赖孤立的探险和精神远征。要想幸福就要喊响这样的口号：来，让我们站住，不要走出人群。让我们认定这就是生活原初的模样。让我们在生活的每一处灯光下笑容满面，然后走完一生。

一个人必须有一个家并根植于一个传统。海德格尔德的警语在今天已不再重要，如果真正地根植于一个传统，关于人生意义的拷问会髀肉复生。这时的口号是：来，让我们作无根的草或是浮萍，让我们在风中摇荡，这就是自由，让我们来体会它，让我们轻松起来。

这样的岁月被马尔库塞命名为技术理性的时代，在这样的时代里，即使个人的内心中也不再有对抗和冲突，站在天地之间，人已不再是一团血肉，不再有铁血奔突在呼吸里，技术的时代使命运更像命运本身，涤荡了人们叛逆的思想。此时此刻，谁还理解老德还乡的冲动？

对于那些渴望远走的人们来说，旅游只是生活的饰物，如同卸下垃圾的过程。我知道其中还有踽踽独行的人，那些山水使他意外地想起了宋朝，这时其实他已经来到了宋朝，在被宋朝覆盖过的天空下，这样站着就行了。其实如果这样，魏晋的风会随之拂动衣袖。我说，敏感的心，你感到了，只是你不说。但是在今生里，你醒了，就不可能再次睡去。一如老德在每一个作品里都置放自己的家乡，即使在残梦里。

生命真的可以那么轻松地走过吗？在自己的家乡，灯下坐在母亲的对面，母亲一言不发地注视着我，仿佛在注视着一个幻影。她不让我须臾离开，在她眉梢升起的欣喜里，我知道一切但我无从言说。病中的母亲踉跄地送我出门，还像十五年前那样挥手，脸上似笑非笑。她力图让那些病痛与我无关， 现在我要说的是，如此的心灵曾经通过了老德的笛孔，弥散在古典的时空里， 就像汩汩的水流。 可是今天，这样的事情还在我们的心灵里发生着，这使我感到还拥有一切，与生活有关的事物，只要我伸出手去，还能握住一些。对于人世的情感枝节，我还有诉诸弓与弦的冲动。

海德格尔说，这个时代真正的贫穷是连这贫穷本身都体会不到。他说对了。一部电影上有这样一个细节：一个机械人看见了一个孩子的泪水，他不明白这是什么，于是用手蘸了一下尝了尝：这是什么？怎么有些咸？

我们可能成为那个机械人。

这就是今日和未来的寓言。所幸的是，生活总是要遗留下一些人，让他们形销骨立。他们小心翼翼地吹去老德身上的尘土，然后倾听着他。当双簧管温润的声音滑出空谷，就会像星星点点于山坡的羊群无助的鸣叫，如果你的眼泪忽然要夺眶而出，我会说：是的，你的确还在，在自己的心中。

# 活着是为了证明存在

在沈阳北站的月台上，和一些朋友为杜英男送行。那个夜里，车站上有昏暗的灯光，老杜的脸兴奋中有着苍白。但是他仍旧一种轻松的样子，我们送他，仿佛是把一只渴望自由的鸟送进了黑夜，广阔的黑夜。在黑夜里，他自由了，可以从我们的生活秩序里走开了，可是那自由是在黑暗里。

四年以后，杜英男从英国伦敦归来，安宁的样子。他很久才出来见见我们这些朋友。他是为了自己的父母才从伦敦回来的，最终没有逃开亲情。可是，他仍然没有和父母住在一起。在离父母不远的地方，他租了一间房子住了下来。因为害怕城市的喧嚣，他几乎不出门。我在他的屋子里，看到的是被装饰的伦敦，用的是照片、物品，显然，他的魂还没有从伦敦回来。

《伦敦的日子》是一本回忆录，但不是零

散的记录，作为一个摄影家，在那里他是一个苦行僧，而不是旅游的人。书写完了，伦敦正式地退出了自己的生活。现在的他再次走出家门，来到北京，过着和在伦敦同样的生活。北京和伦敦，对于他可能没有什么不同，只是他精神生活中的一个道具而已。可是不同的是，他的思想多了浓重的铅华洗尽后的一份安静。

英男其人，聪颖而温厚，可是内心却是一个极具自由意识的人。在生活中，他言语上很少愤激，可是在行动上，他十分果决。那时，很多人都蜂拥出国，他被裹挟在那个淘金者组成的人流里，始终背着自己的相机，这使他和那个队伍很不协调。英男在国内的生活并不优裕，但是他始终不在乎物质生活的丰匮与否，只在乎心灵是否自由。当生活越来越背离他的想象，消解了他所渴望的平静，影响了他的自由感，他所做的不是顺势而行，而是逃离，是对于既定生活秩序的放弃。

在伦敦，英男靠打工度日，生活的艰难可以想象。在那里打工的人都抱着这样的想象，赚钱，赚更多的钱，留下或者回去，这样就可以衣食无忧。英男的问题不是衣食的问题，而是精神的出路。这样的问题金钱解决不了。

他打工的生涯很短，绝大部分时间，他拎着相机在伦敦四处乱走，没有钱了，再去找个工作。这样，回国以后的他，仍然是一个贫穷的家伙。在所感到自由的生活里，他成为了站在东西方社会之间的一个冷眼旁观者。

《伦敦的日子》当然记录了许多他所了解的英国社会的方方面面，但是，最为主要的，也是最为重要的还是他作为第三者的思考和观察，这个思考是从审视中国人这个人群开始的。

一切起自杜英男的打工经历。他打工的地方都是华人开的餐馆，大部分餐馆的主人都是很早就来到英国的移民，再后来的移民自然就成了其中的工人，并以此谋生。杜英男算是九十年代的出国打工族的一员，和他情况类似的人很多。在和那些人的相处中，英南始终无法摆脱和他们之间的冲突，但是冲突的结果不是终结于仇恨，而是终止于同情。在英男的眼中，许多人自私、狭隘，但是也是没有出路的、悲哀的。他们的生活目的就是赚钱，再赚钱，然后到红灯区去。至于和英男情况相同的人，他们千方百计想留在伦敦，为了达到这个目的，他们不惜诬蔑中国，以达到政治避难的目的，还有的人用骗婚的手段以图滞留伦敦。在那里英男还被拉着参加了一些宗教活动，华人的宗教活动（基督教），但是他发现，这些华人走到一起根本就不是为了精神的原因，而是为了经济利益结社。英男在这里所记录的一切都是基于中国社会正在发生的事实，那就是物质欲望席卷而过，精神家园尽毁后的中国同胞的精神常态，那就是迷乱、恐惧和人性的丧失。伦敦的淘金者，是英男透视这一问题的窗口。很明显，英男的内心里，首先是批判，但是批判是建立在同情的基础之上。

几乎所有的社会在经历现代化的初期，在人们的身上都经历过这样的道德和精神困境，一个群体想要在乌托邦破灭之后，重新建立自己健康的心理结构，需要一段可能很漫长的时间。英男是因为无法忍受因此造成的生活喧嚣而出走的。

他在英国的四年，结交了很多英国年轻的

朋友，其中包括很多嬉皮士和朋克。在英国这个发达的资本主义国家里，他看到一代青年身上可贵的品质，尽管英国的一代青年也在反传统，但是他所看到的青年人似乎更在乎个人生存意义和价值的追问，更在于自我的完善（在一个贫与富差距如此巨大的地方），而不是在物质上的竞赛。凯瑟琳，一位年轻的女子，参加了一个专门扶持中国贫困山区的基金会，她常年在极其艰苦的条件下生活而乐此不疲。艾玛，参加了英国的一个红十字组织，曾经舍生忘死地出入伊拉克的战火之中去救助危境中的儿童和妇女。塞蒙是一个朋克，他在生活中关心的只是意义，在毫不在乎的外表下有一颗严肃的内心。他多次来到中国，一次，一个中国艺术家提出要他在英国宣传自己的时候，他答应了，但是当艺术家提出要为他提供食宿方便时，他愤怒地拒绝了。

高度发达的物质， 直接导致了人性的异化，因此那些追求生活真义的人，对于物质保持着很高的警惕。 塞蒙这样的举动是有道理的。英男的另外一个好友本瓦是一个加拿大青年，因为喜欢自由自在的生活，于是他带着打工赚来的钱，从加拿大向南，穿过了美洲大陆，他边打工，边摄影，一直到了伦敦才安定下来。他没有停留在美国，是因为他讨厌那里的商业气息，尤其是文化上的商业性。在伦敦，他拒绝吃肯德基和麦当劳，他从心理上拒绝美国文化。他甚至说，在伦敦大街上可以闻到一股臭烘烘的气息，那是从麦当劳里发出的。

拒绝文化的侵蚀、同化和异化，这是出自自我保护的本能，商业文化被广泛地接受，从表面上看无非是一种市场的需求所致，而实际上源自固有文化的衰落。我们的城市里，肯德基和麦当劳里每天都挤满了大人和孩子，他们在那里狂吃大嚼，出来后去看美国大片和金庸小说，或者是看热热闹闹的电视，在大众文化抚慰下的人会有杜英男和本瓦这样的自觉吗？

作为一个旁观者，英男不是一个崇洋媚外的行者，尽管很多人都不会承认这一点。在《伦敦的日子》里，英男通过亲身的经历，所贯穿的是一种文化上的思考和批评。没有人说伦敦是天堂，追求心灵自由的人很难找到天堂，所谓的价值触摸和意义的确立都是在天堂的路上发生的事情。从这个意义上说，杜英男的精神更接近朋克，他所理解的自由的人生就是在这样虚无、黑暗、孤独的形态中开始和结束的。

喜欢杜英男的照片是很久以前的事情，以往的题材不是很固定，但是他极强调画面的瞬间感，是一个突出的特征。这种方法用在了伦敦的街头，效果十分奇妙，里面透露出十分强烈的哲思，具体地说就是强调个体和城市生存环境的对立，描述人在世间的微末、孤独、无奈和挣扎。这是他生存体验的直接表达。

无论是在中国还是在英国，作为一个摄影艺术家，英南用自己的体验所叙述的是，生命中总是有比活着本身更为重要的事情，那就是对于存在的体验，体验存在的自由感、独立和尊严。《伦敦的日子》使我看到了人性里可能有的冷静和光明。

《伦敦的日子》杜英男著

浙江摄影出版社出版

# 还是文化人那点儿事儿

1995年春天里，《当代作家评论》杂志主编林建法先生带着我，在北京拜访了汪曾祺先生。那是我第一次见到名满天下的汪老，不知所措。那次采访自然也是不成功的，问了些幼稚的问题，如同河汊子里的小青蛙突然来到长江边上。好在汪老坐在那里笑眯眯地看着我，有问必答，直到我不知道接下来再问什么。

吃饭的时候，我才放松了一点，因为汪老拿出一瓶古井贡酒，笑眯眯地问我们是否要喝一点，我们摇头。于是汪老不再问，自己一杯接一杯喝起来，带着一种孩童一样的满足，边喝边和我们聊天，天南海北。

那次，汪老赠送我一本散文集——《草花集》（成都出版社），还认真地签上了自己的名字。里面给我印象最深的一篇，是汪老回忆他的老师沈从文先生的文章——《星斗其文 赤子其人》。文章的标题取自傅汉斯、张充和为沈从文先生写的挽辞，挽辞的全文是：“不折不从，亦慈亦让。星斗其文，赤子其人。”用来概括沈从文先生的一生。汪老认为这话十分确当。我回来写稿子做标题时，也用了“赤子”一词，来概括我印象中的汪老，其实这是从汪老的文章里偷来的。

不久，我在北京出差，想独自去看看汪老，建法交给我一项工作，让我顺便从汪老那里捎一封信回来，交给沈阳日报文艺部编辑王辉。很顺利，汪老看见了，信也捎回来了。这次不是采访，却当了信使。后来我才知道，那封信里，其实是汪老的题字，字只有两个，即“书斋”。这两个字，作为版头，在沈阳日报上存在了八年。现在再次接续办了起来，现在的“书斋”，还是当年的那个“书斋”，字还是汪老题的那幅。

报纸的副刊，已经成为当下学人研究的独立课题，网上搜一下，就有《中国报纸副刊学》、《报纸副刊与中国知识分子的现代转型》、《沈从文与大公报》等等。不可谓不丰富。一天，偶然翻开萧乾先生的随笔集《红毛长谈》，一篇名为《一个副刊编辑的自白——谨向本刊作者读者辞行》的文章赫然入目。文章1939年9月1日，发表在香港《大公报》上。那时，在《大公报》做副刊编辑的萧乾将赴英国工作，写这篇文章，一来辞行，二来讲清楚1935年以来的办刊做法。但这篇文章第四小节的题目，居然是“书评是怎样失败的”，至今读起来，仍让人思忖。作为一个大作家，萧乾出版的第一本书，竟然是《书评研究》。

报纸副刊以及副刊上的书评，之所以作为新闻传播领域，一个独立的现象来考察，是因为它与文化传播有关，而文化传播又与文化传统、思想史等诸多因素糅合一处。这决定了，报纸的副刊虽然和其他，比如社会新闻一样寄身于同一张新闻纸上，但是，在传播方式上，较其他的新闻传播具有独特性。那么这个独特性是什么呢？我想到了两个显而易见的特征：一、评价标准的绝对性。一个作家一篇文章或一部书，好或不好，基本上可以判断，这个判断的标准基本上统一，而这个标准不是哪个省哪个区可以私设，而为文学评价体系本身所具有。所以，要办好，要获得权威性，必须绝对坚持标准。二、经营状态的稳定性。副刊不及时政与社会新闻那样热热闹闹，从阅读人群来讲，副刊平静，甚至有些寂寞，它小众化，但与读者拥有持久而稳定的关系。

这种特性，《大公报》社长胡政之注意到了，他多次嘱咐过萧乾，“我们并不靠这副刊卖报，你也不必学许多势利编辑，专在名流上着眼，你多留意新的没人理睬的。只要从长远上，我们能对中国文化有一点点推进力，那就够了。”

《大公报》有两位著名的副刊编辑，萧乾之前，则是汪老的老师——沈从文先生。在他们的经营下，《大公报》周围，是周作人、冰心、朱自清、茅盾、老舍、巴金、郑振铎、朱光潜、张天翼、萧红、沙汀、艾芜、萧军、李广田、刘白羽、何其芳、曹禺、卞之琳等灿若群星的作家。杜素娟在《沈从文与大公报》一书中说：《大公报》副刊“托起‘京派’”，“沈从文接收《文艺副刊》之后，立刻有意识地把北京这些文人组织起来，办聚会，约文稿，极力让《文艺副刊》成为北京文坛的重要展览窗口。”

编辑对文化价值标准的坚持，对于寂寞的忍受，成为办好副刊的唯一途径。但文学评价标准适用于所有作家和作品，所以，《大公报》上，所有评沈从文和萧乾作品的书评都一概不登。萧乾说：“编者对自己有一告诫，即永不用自己的东西占刊物地位。”

八十年前的沈从文、萧乾面对的作者群体与读者群体是怎样的？办刊的人文环境如何？今天，我们很难触摸到他们在副刊办书评的艰难，但从他们的言谈之中，还是能够得到一些消息。比如沈从文先生认为：“但倘有人把书评目的当作媚悦友好，侍候编辑，应酬出版家，蒙蔽读者的工作，看作品不过浮光掠影，下断语又只是应景凑趣。随笔写来，敷衍成篇。言之不诚，便用‘政术’等等自饰欺人，它结果当然容易堕落。”萧乾的书评原则是“首先，反对评书唯亲、相互捧场、不拿亲朋好友和自己的书来评；其次，保持评论的独立性，宁可不辞辛劳地自己花钱买书来评，也不评书商和出版商的赠书；再次，客观评价、不捧不骂”。

显然，他们在保持文化标准时，承受了世俗的巨大压力。所以萧乾认为自己编辑《大公报》书评并不成功。在“书评是怎样失败的”一节里，萧乾说：“书评在重人情的中国并不是件容易推行的工作。这简直是整个民族性的问题。率直、反省、挑错，在我们的血液里是缺少的。书评的最大障碍是人事关系。”我想，萧乾先生的说辞里，自谦成分是主要的，另外的潜台词是，如果没有那么复杂的民族性问题，那么——

八十年后的今天，沈从文萧乾所面对的问题依然存在，不同的是，今天的报纸副刊再也无法像《大公报》副刊那样，簇拥着那么多的作家，作家与副刊之间相互哺育的文化契约已经基本解除。

林建法先生带我去拜访汪老后不久，我办了一个版，取名“文坛春秋”，也是一个面向全国文坛的版面，汪老、蒋子龙先生和建法欣然做了版面的顾问。请顾问的举动，在当时还引起了一些反响，我采访汪老的稿子就是发在那个版面上。直到今天，我还记得发了张炜、张承志等作家的稿子，蒋子龙先生坚持写了很长时间的专栏。遗憾的是，终于因为力量薄弱，版面一年后停止了。那时，我有一个心得，副刊一旦坚持了文化标准，就会陷入一种奇怪的无敌无友的孤立状态，喝彩声总是来自遥远的地方。那时我感到沮丧。而王辉的“书斋”仍然坚持着，居然熬过了副刊最为惨淡经营的时期。

最为惨淡经营的时期，大约也是从我拜见汪老那时开始的，似乎一夜之间，我们来到了市场面前，重新打量与读者之间的关系，现在他们是消费者，是上帝与衣食父母。既然走市场，报纸就得生产些大众喜闻乐见的东西，副刊也一样，办得太精了，影响大众消化。

于是，开始想象大众的审美是粗鄙的、感官的，所以，严肃版面开始转向，大踏步走上通俗化道路。再以后的时间里，电视的“读书”节目消亡是正常的，如尼尔·勃兹曼（《娱乐至死》作者）所说，电视节目是电报技术的延续，它承担不了文字方式的文化传播任务。大报的评论与书评撤销，晚报的副刊撤销，这相继发生。重新推出的副刊，是娱乐、休闲的。是的，在我们的想象里，得让大众乐，不能让他们太沉重了，让人沉重的东西太多了，比如严肃，比如高尚，这样，他们才会掏出零钱。——传媒在商业潮流面前的那份慌乱与兴奋，也如小河汊子的青蛙忽然来到长江边上。绝大部分传媒对待副刊没有胡政之“只要从长远上，我们能对中国文化有一点点推进力，那就够了”的眼光，不过这倒也不单单是眼光问题。

现在办书评版的人，面对着沈从文、萧乾两位先生没有遇到过的困难，比如《红楼梦》是伟大的小说，《还珠格格》不是；中国成功的哲学是《论语》，而不是《于丹论语心得》；沈阳中街大舞台里演的二人转不是二人转艺术，而是娱乐业中的杂技和脱口秀杂糅；《三国演义》不是史书，《三国志》才是；文艺创作和文化工业生产不是一回事儿。当下，大众已经获得了文化权利，即判断与选择的权利，即便如此，即使一辈子都读《还珠格格》的人，仍然需要知道，《红楼梦》仍然是伟大的小说。等等。

这是常识。可是究竟在哪里丢失了常识呢？以至于我们还要从源头梳理过来，进行一次文化常识普及，可是，这个活儿谁来干？报纸和大众的蜜月期还在进行之中，谁来说皇帝的新衣这档子煞风景的事儿？

办副刊和书评，就是要一次次地重复这些常识，萧乾把书评版说成是“文化的筛子”，既然是“筛子”，就要有网眼大小的问题，这仍然回到了标准问题上。无疑，把商业成功与否作为评价文化产品优劣的唯一标准，这一变化，是导致文化常识丧失的一个基本因素。接下来，就有沈从文、萧乾没有遇到的另一个问题，一个作家理直气壮来找编辑，希望通过书评版策划一个点子，把作品炒作一下。——炒作成功书就成功了，不就这点事儿！这又是一个怎样的逻辑呢？

1995年，建法把我带到汪老那里采访，请汪老做我们的顾问，请汪老为王辉兄的“书斋”版题字，想必他希望有更多的同道，一起为文化做点儿事情，这个事情是什么呢？说得抽象一点，就是不断地在读者思想意识里，保护文化的整体感，当然那是变动的整体感，这整体感恰恰是由一个版面、一个栏目等这样文化的“点”构成的。实现这一点，需要对标准的坚持，坚持标准就是对价值系统的维护，维护就是对解构的抵抗。

林建法的“点”， 是《当代作家评论》，在地方经营的一个全国性的文学评论刊物，现在，它的权威性排列在同类刊物的第三位。这种成绩通过从不妥协的对于标准的坚守而获得，在赢得文化界普遍尊敬的同时，自然失去了世俗的掌声。沈从文与萧乾对于评论标准的持守，他都做到了，现在，团结在这个刊物周围的，是中国的一流作家群体。而他个人，在地方的文化群体里，则孤独，少有支援。

再说王辉的“书斋”，八年里，“书斋”版团结了一大批省内外作家、评论家，王充闾、俞晓群、孙郁等方家皆为“座上客”。果然书香味道很浓，因而也赢得了读书人的追捧。

但是——但是，我们仍然说不清楚，这样的刊物和报纸版面究竟影响着多少人？引导了多少人读书？给多少人的心灵指出过出路？在

《大公报》供职的沈从文和萧乾回答不了这样的问题，我们今天也回答不了，文化的影响力从来都无法量化，量化的动机就是胡政之所说的“势利”，此外无他。的确，有多少目标读者？增加了多少零售？吸引多少广告？潜在市场多大？回款率多高？降低多少成本？不管是上个世纪二三十年代的沈从文、萧乾，还是新世纪的我们，没有谁能够承受这样的追问。

# 个体的挣扎

写作者在当下，面临着前所未有的困境，即写作者个人的丧失，无可挽回的丧失。

其中一个方面，是写作者生活在一个世界已经翻开底牌的年代，一个毫无秘密可言的年代。这就是说，一个人的写作注定成为另外一个人的话语体系和思想的复述和复制。从某种意义上说，一个人如果自诩创造了一个文学世界的话，可能是因为他对于这个世界上复制他的人还一无所知。今天，写作者们最为引以为傲慢的孤独、寂寞并与人群保持着距离的生存方式，似乎也不是踏上什么精神不归路的豪壮之举。生存方式对于每一个人来说，只是一道选择题而已，如果你选择了东，仅仅是选择了东而已，这样，结果就是B，选择西也是，只不过结果是A。如果一定在A和B之间做一个比较的话，似乎也没有什么高下之分。

写作者几乎没有人把自己比作灵魂的工程

师了，因为他们已经不再参与灵魂的塑造，不是撤出了塑造的队伍，而是插不上手了。一个人的灵魂可以依据商业时代所有的文化程序，在很小的时候，就安装完毕。中西方文化传统里写作者的精神衣钵已经缩小成一个幻影，但还在。当写作成为生活的旁观者时，他们所渴望的是有一天突然出现在人群中，做一次精神导师。

文学道路的选择题是这样的：当一个写作者批判现实的时候， 他可能是一个保守主义者。当他批判外来文化的时候，他就是一个民族主义者。当他像有些作家一样先锋的时候，他可能已经是一个虚无主义者。不管怎么做，他都是像在服装店里买衣服一样，选择自己喜欢的一件，而那件衣服只是一架机器上下来的千万件里的一件。

这样，现实使写作像写作者个人在历史话语中的挣扎。但是另一个方面的原因，使这种挣扎的身影变得更加模糊。另外的现实就是，今天，个人是不存在的。所谓存在的个人只是一个群体的符号，最多是一个代表性的符号。

这个写作者的个人不是藏身于群众或者是人民之中，否则成为代言人就会成为可能。写作者只是陷入了人群之中，当他以个人的方式说话时，没有人能够听得到，这样甚至没有说话的权利。个人的存在，必须借助一个身份、一个职业，在那个身份和职业里，个人已经被通用的个人所充满。在这个过程里，商业和文化的机器已经完全设计了写作者的个人，就连精神和个性都有相当多的版本。

之所以有这样的感受，是因为我依然把写作者看成是知识分子的化身，传统知识分子的化身。这个知识分子是十九世纪俄国式的，一群具有强烈批判精神特别是道德批判精神的群体，但他们不是一个职业的阶层。也是那个世纪法国式的，那些人在咖啡馆里讨论社会和政治的公共问题，是敢于批判社会不公和弊病的公共知识分子，他们是借助于知识和精神力量、以独立的身份对社会表达公共关怀的代表着社会良知的文化人。一个英国学者说出了知识分子的命运，他说：知识分子在现代社会是立法者，而在后现代社会里则是阐释者。

阐释者所指示的就是今天写作者的困境：当路已经被走光时，个体正在消逝。

今天的阐释者们有什么事情要做？说：你有快感你就叫？这和随地吐痰何异？——文学公共道德的沦丧。在“非典”的时代里，公共的概念被提到了。

人人都知道布什为什么一定要打倒萨达姆，送去美国式的民主以后会财源滚滚，人人都知道战争是要死人的，但战争没有停止。美国不因为有了当年的越战后出现的反对战争的文学和艺术就停止现在的战争。这新世纪里的第一场战争让人清楚地看到，在政治和经济的车轮下，真理、正义和良知的可笑。而那下面，其实还喘息着个体的生命。于是我想到文学的软弱和坚强，我幻想着一个个体抗争的时代即将到来，个人开口说话，告诉我们这个世界有更好的东西，只不过我们还是没有找到。

# 耻辱的标志

从本质上说，很多事情是作为寓言才发生的。

比如：上个世纪八十年代中期的一个夏夜，我坐在沈阳中华剧场里听奥地利一个交响乐团的演出。乐团的名字我记不得了（当然有名的乐团也不会光顾沈阳）。惭愧的是曲目也没有记得，恍惚间有比才、格里格等人的作品。满头银发、老态毕露的指挥当然忘记了。这么说就明白了，一个不明就里的人为什么去听古典音乐的演出？因为高雅呀，谁不愿意让高雅拉着咱们迷惘的手和心呢？！特别是在那最容易迷惘的上个世纪八十年代。

我所说的寓言部分和一个曲子有关。那是一个我后来依靠记忆寻找可是从来没有找到的曲子。一段铜管和弦乐携手伸张开的主题，在一阵高昂的悸动以后，忽然冲下低谷。只留弦乐部分，最后剩下小提琴。节奏越来越慢，声音越来越小，及至细若游丝。我屏住呼吸，才能听见弓在琴弦上的滑动。寓言在这个时候开始出现。银发老指挥微张的双臂只是微微动着，渐渐几乎不动了。随后在那么几秒钟里，似乎完全停止了。就在这时，事情发生啦，在我的四周响起了掌声，开始是犹豫的，最后雷鸣。可是——可是，指挥的手其实没有停止，小提琴也没有停止，微弱的琴声竟像一个潜水者浮出水面，长长呼吸了大口的空气。旋律渐渐有了生机，向上冲荡着，逐渐和主题呼应开来。一曲终了，银发老指挥终于回过头来，向我们微微鞠躬，有了前面掌声的教训，我们依然不能完全肯定。直到老指挥回身挥手，乐队全体人员站起来时，台下才又一次掌声四起。

一个有些尴尬的高雅之夜。听，然后小心，在该鼓掌的地方鼓掌。像一次谨慎的外事活动。显然听不熟悉的音乐也像摸石头过河。好在最后的曲子是熟悉的《马刀舞曲》，大家和着节拍信心十足地鼓掌，面露微笑，驾轻就熟，像和自己的老婆上床。那个夜晚的面子就这样挽回了那么一点点儿。

再讲第二件事情，也是我所认为的寓言。那次演出的一两年以后，还是在中华剧场，辽宁芭蕾舞团演出《天鹅湖》。那是我十分留意观众的一次。比如他们报以极大热情的不是王子和白天鹅的双人舞，也不是黑白天鹅的双人舞。总之不是舞，也不是音乐，而是演员的基本功。腾空打击、旋子、大跳及其他。一个演员不断地腾空打击或者绕着舞台打旋子，超出观众所想象的体能限度时，那掌声就热烈极了。我于是知道，那场《天鹅湖》在很多观众看来，其本质是一场杂技演出。

我要讲的第三个寓言还真是一场杂技演出，时间已经是在一九九九年。沈阳杂技团排出了一场节目，叫《天幻》，后来这个节目在世界一些国家演出过。其中一个最为惊心动魄的节目大约叫“椅子功”。演员是一个小男孩，把椅子在自己的脚下一个一个摞起来，同时做一些高难动作。最后，他脚下的椅子高到几乎顶到了舞台顶。没有任何保护，只有保险公司的保险。哪怕一个微小的失误，他就会不堪设想。人人看着，都惊魂未定。那天晚上的掌声都集中在他身上。

很久以来，想写出这些细枝末节来，但又恐辱没了沈阳人，好像他们人人都是热情的门外汉。即使我说本人也是坐在他们其中的不该鼓掌时瞎鼓掌的一位也脱不了干系。现在说出来，只是故弄玄虚地说说寓言的意义，其实也不是什么像样的寓言，只是在漫长的时间里，通过点点滴滴看见了我认为的一个脉络而已。

那就是：第一，任何艺术里都有技术的成分。但我们所寻求的是“精神的洗礼”、“理性的升华”、“情感的宣泄”、“人性的打动”种种，直说吧，就是感动。

第二，需要被打动，还是欣赏技术？经过漫长的较量，精神最后让位。

第三，精神最后成为了技术本身。

这三个阶段贯穿着一段漫长的历史。而我所描写的故事发生在这段历史即将终结的时刻。这就是所谓寓言的含义。

在此之前，技术被我们不屑地说成是商业性，我认为技术性包括两个方面，一是唤起感官兴奋的部分。成龙大哥从这个楼顶跳入那个楼的阳台，成龙大哥从楼房的斜体立面上滑下，毫发无伤。抱歉，记不住这些电影的名字。惊险是技术必备的符号。莎朗·斯通大姐和道格拉斯兄半裸着在床上，莎大姐的手则悄悄地伸向床下的冰锄（《本能》），性与暴力是技术性必备的符号。真实感也是必备的符号。潜艇在水下炸成两段（《U571》），子弹穿过肉体的声音（随处可见），等等。二是相对纯粹的技术。面容姣好的陈美在舞台上扭动着自己的身体，这不是关键。关键是她手中的小提琴的炫技，在快到密不透风的旋律里拉出每一个音符。观众关心的是，钢琴家的十个手指弹出一百个手指才够用的旋律，他是怎么忙活过来的？看看人家，多么厉害！

技术始终是艺术的有机成分，是为了表达特殊状态下的情感而存在的。至少我们以前是这样认为的。技术从艺术中的分离，成为商业面目的存在，对于我们来说，那只是二十年间的历史性的渐变。起初，我们都煞有介事地坐在中华剧场里，听原本不熟悉的交响乐，而且为鼓错了掌而懊恼。那时我们真是渴望在精神上和一个导师、一片净土和家园相遇。记得我买第一张CD《钟声》（THE BELLS）时，听得灵魂出窍。接着开始买很多拉赫玛尼诺夫的交响曲和钢琴协奏曲。恍惚间心中有一片原野，铅云低垂，人民、牛羊和大地融为一体，生存与苦难的主题如此感动灵魂。而在闲暇时，则看看《英雄本色》（周润发版）、《魔鬼司令》（斯瓦辛格版），看看长衣、墨镜，最后一颗子弹留给自己的江湖英雄。我第一次看见老斯（斯瓦辛格）的肌肉大吃一惊，他一只手拎起一个匪徒的一只脚，使之悬在崖壁上，然后漫不经心地乱说一通，然后松手，让人叹为观止啊。

但随后又觉得我的欣赏跑题啦。于是我回来听克莱斯勒、德沃夏克、布鲁赫。史塔克演奏德沃夏克第一大提琴协奏曲时，让人落泪，正在遥远的故乡正在被怀念，有这样心思的人都会哭泣。在那乡思里，定然也流过斯美塔那念念不忘的伏尔塔瓦河。而电影则看《走出非洲》或者《克莱默夫妇》、《与狼共舞》种种。

我们的主题就是这样两个，一个是社会性的，庄重严谨，建立在我们与社会、历史的关系上，那是我们通向世界的一扇门。一个是感官的，像枕边书。成龙、金庸、斯皮尔伯格以及《金瓶梅》等。生活一直保持着这样一个比较合理的常态，那就是贝多芬不能进我们的卧房，而《本能》也不能在客厅里面播放。即使商业性力量再强大，这个规矩也不能破。

可是后者是如此强大的潮流，对于严肃的事物构成了毁灭性的消解，它以技术全面而精美地迎合了感官需求。以至于，严肃的艺术渐渐成为一种象征，出现在祭坛之上。书柜的布局也有这样的象征：不能没有《鲁迅全集》、《红楼梦》或者《圣经》，尽管可以不看，把它们放在高处就行了。下面腾出地方都放上《心灵的鸡汤》之类。

那天，我在网上查我所尊敬的奥斯卡奖名单，一直心怀感动。上个世纪八十年代以后，看看获奖的电影：《莫扎特》、《走出非洲》、《野战排》、《末代皇帝》、《雨人》、《与狼共舞》、《辛德勒名单》、《阿甘正传》、《英国病人》、《美丽心灵》等。尽管美国有那么多又恶心又好看的商业电影，但是始终没有得最佳影片奖，不知有意还是无意，美国人没有让感官电影获得这一荣誉。而且——《猎鹿人》、《野战排》居然还反思自己国家的侵略行为！《雨人》要在美国社会打张亲情牌。《辛德勒名单》描述人类史的悲剧。这些主题不可谓不沉重，可是，近几年来，我们还是感觉到了技术对于这个奖项的侵袭。《泰坦尼克号》、《角斗士》、《拯救大兵瑞恩》等一方面制作极其精致，贴近感官，一方面主题开始简单化，童话化。——这就是技术占领艺术空间的体现。2003年获奖的《钢琴师》承接了《辛德勒名单》的主题，但是强调的是事件的细节真实，这也倾向于感官。

2004年是奥斯卡奖精神资源油尽灯枯的一年，获奖的是《魔戒三》，那是正式向感官投降的标志，也是精神成为了技术本身的标志。至少在这一届里，生活已经远离了电影，正式成为一个游戏，制作的游戏和精神的游戏，最后成为童话。奥斯卡无非是我们精神生活的投射，技术演进的过程，无非是人类群体精神消退的过程。这几乎使我怀疑，我们是不是已经解决了全部的精神和现实问题。没有，当然不是，实际情况是，在巨大的现实面前，我们已经看见了梦想的可笑，也看见了改变现实这个想法的幼稚，甚至宣泄都成了可耻的标志。

人在2004年成熟了，不再需要精神的手杖。

人类生活中始终有一个群体，是个孤独的精神源流，他们以坚持为人们掌灯，仿佛世界是一处无边无际的黑暗。马勒带我们走时，我们听见了生命的哀鸣，企求向上帝的接近。听《科尔尼德莱》（意思是我辈都起誓。布鲁赫作）时，我们是在向上帝倾诉和忏悔。可是现在，我们可以关闭精神的窗口，因为世界只是一个比较大的露天广场。只要打开感官，就能找到乐子。所以，今天幸福的标准，不是个人精神探险，而是融身大众之中。

孤独者就是孤独者，我们已经看见了谜底，已经看清楚去路了。贝多芬、老柴（音乐爱好者以及专业人士对柴可夫斯基的称呼）等，不用再扮演夜莺啦。

现在，我是盗版碟CD与DVD市场的常客。开始时，老板问我:《李斯特全集》，要不大哥？现在，他问我：靠！枪战，老激烈了，咣咣地。要多少？

我们身处这样一个世界里，像一次错误的投胎。可谁又能说错呢。

原载《杂文选刊》2005年5月号

# 文学：警惕新概念化倾向

文学来源于生活，高于生活。这是对文学生产一般规律的描述，也是对文学生产的根本要求。文学是社会生活实践土壤里的花朵，是现实生活的反映。即使极其个人化、个性化的写作，也跳不出这个范畴，只不过表现上有远近曲直。文学来源于生活，是说文学要观察现实生活形态，表达现实真实；而文学高于生活，是指作家充分调动情感，通过审美创造，使文学成为记录情感世界和精神追求的载体，成为表达生活本质真实的艺术形式。有生活之源，才有文学之流。

文学表达的是什么？每一个读者阅读文学作品时，都会有理性的追索，会得出一个主题、归纳出概念。但这绝不意味着作家可以从概念出发，按图索骥，到生活中去寻找和概念契合的素材，如此必然丢失整体把握生活的可能，扭曲现实生活的本来面目，反映不了现实真实的文学注定无法反映生活本质真实，如此最终会断送文学的生命。

上个世纪八十年代开始的新时期文学，可以说是对沦为政治附庸状态下文学概念化的反拨，在打破禁锢，解放思想的语境下，文学获得新生，并重新建构文学本体。没有了“三突出”、“高大全”之类的束缚，中国文学生机重现，迎来了三十年的持续发展。但是，抖落了概念化沉重枷锁的文学，是否全面、健康地走上本体建构的道路？摆脱了旧的概念化，是否堕入新的概念化而不自觉？

考察当下的文学创作，我们认为，创作概念化倾向仍然普遍存在，并越来越严重制约中国当代文学的良性生长。这种倾向主要表现在以下两个方面。

其一，在吸纳、学习世界文学过程中，西方文学及其哲学背景，主要是现代西方人生哲学和后现代哲学的诸多概念，持续地对中国创作产生着深刻影响。诸如存在主义、弗洛伊德主义、解释学、西方马克思主义、新历史主义以及女性主义，等等，其中叔本华、尼采、萨特、伯格森、弗洛伊德、海德格尔、福柯、罗兰·巴特等人的哲学观念下的诸多概念，直接成为作家观照中国生活的视角和眼光，在这种状态下，中国生活成为这些概念对应的生活，抑或按照这些概念选择的生活，抑或是用来为这些概念作注脚的生活。现代西方哲学强烈的非理性主义和悲观主义色彩，注定了这些哲学概念总体特征，也决定了文学的基本面貌。人生痛苦和无聊，只是不断的欲求和挣扎；世界荒诞，人生无意义，只是一场残缺的盛宴；人生险恶，充满了计谋和倾轧，现实残酷而冷漠；人生而孤独，无家可归；无中心，无权威和整体，等等。这些概念，深刻地影响了寻根文学、现代派文学、先锋文学以及新写实主义，并形成了与之相应的消极、颓废的精神基调。

其二，从社会学与文化学意义上说，新时期文学叙事，是关于中国现代化的文学叙事，写出精彩的中国故事，始终是中国作家努力的方向。以现实主义的笔触，密切关注改革开放以来中国社会生活的急剧变化，书写中国现代化进程的欣喜和艰难、得与失，以此获得文学的中国经验，在这一方面，中国作家付出了巨大努力。但是，同时概念化倾向也普遍存在。这一类概念化，主要表现为，一些作家以西方现代化的经验，特别是西方现代化过程中形成的社会问题为参照系统，来观察中国社会生活，使诸多现代化语境下的概念成为进入中国生活叙事的预设性主题，这些概念在其中起到了统摄性作用。从社会转型的角度看，一个农业大国的现代化——工业化、城镇化、城市化、信息化，等等，必然发生相对应的社会现象和精神状况，而这些则成为作家进入生活的路线图。以乡村题材的文学而论，这些概念已经被充分书写。传统意义上的故乡消失，无根感随之出现；富裕农民文化饥饿，表现为欲望膨胀，小农意识成为精神局限；进城，无所附丽，传统道德约束丧失，在城市文明面前的压抑，仇视，无法融入；空巢问题；打工族有文化诉求；现代思想和制度在乡土社会悬置，等等。以城市题材文学而论，人与人之间的隔膜；欲望；对现代生活水土不服，怀乡病；金钱奴隶，消费主义与物质至上；用经济的眼光重构历史，等等，这样的概念已经十分为读者熟悉。其他概念，如知识分子人文精神的失落；生命正在承受之轻；生活整体感丧失，碎片化，等等。不一而足。从整体上说，类似的概念，被新时期文学一一演绎过，同时和上述西方现代人生哲学诸多概念相互交织、渗透一处。

文学写作要表达创作者的思想和认识，要以自己的方式给出结论。但是概念化写作产生了大量的主题先行的文本，从文学本体建构的角度说，这标志着哲学、社会学和文化学对文学本体空间的侵蚀和挤占，导致文学写作成为注脚和附庸。这种普遍存在的概念化倾向，迟滞了文学本体构建的进程，当然更影响了中国文学的健康成长。

首先，人物符号化倾向在文学文本中广为存在。一个时期以来，鲜有在读者中产生深远影响、代表时代本质真实的文学人物的出现，这不能不说是当下文学创作的一个巨大遗憾。当人物作为概念的化身进入文学叙事，就要服从概念逻辑的演进过程，而不是遵从人物自身心理和精神轨迹，不遵从人物的心理和精神轨迹，就体验不到生命正常的思想情感和人性温度，这个人物就不是活的，不是亲切可感的，更谈不上感染力。虚假、单一、苍白、生硬、无趣，这样的文学人物比比皆是。另一方面，社会转型期精神震荡过程中，西方现代人生哲学概念和当下生活体验的交织和渗透，催生了一批病态的文学人物形象，孤独、悲观、怪异、乖张、失败、精神扭曲甚至变态，因为这一类人物是概念化的产物，所以远远偏离了读者对社会生活的真切体验和审美期许。

其次，故事情节公式化现象普遍存在。文学人物和动人的故事情节，互为表里，经典的故事是成就文学人物的载体。一般说来，故事情节，要意料之外，又在情理之中。这就意味着，故事情节的特殊性是文学典型性必要前提。阅读当下的文学，甚至那些已经在市场上产生广泛影响、为一些专家拥趸的文学，都具有故事情节平庸化的现象，最鲜明的特点，是一览无余，看到开头就知道过程和结局。故事情节服从于概念，整个文学写作过程就是公式推导。这就是为什么广大读者总是感觉到生活如此丰富，而文学如此呆板，文学经验远远落后于现实生活体验的重要原因之一。

再次，概念化倾向造成文学性匮乏。可以说，文学越来越远离诗意和诗性，文学的诗意一方面为生活素材所固有，另一方面来自于作家主观世界中的情愫，这是主体和客体之间的吸引、互动、生发的文学创造过程，在这一过程里，作家的想象力的充分发挥，是创造的翅膀，是引擎，是熔铸诗意的途径。而诗意产生的是文学超越生活真实抵达本质真实的必由之路。无疑，概念化的写作，则排斥了这一创造过程，造成了文学诗意的极度匮乏和文学想象力的萎缩。

最后，概念化倾向抑制了当下文学思想高度的产生，使用外来的哲学、社会学、文化学思想资源和已有的现代化经验，去观察中国现实，使文学写作形同按图索骥、刻舟求剑，其必然结果，无须作更多说明。

经历改革开放三十多年的新时期文学，已然全面向世界打开自己的视野，在这个特殊的历史阶段中，概念化特征的出现自然有着多种原因，值得文学界思考。

在文化价值多元化的当下，中国作家的创作活动，处于一个外来文化已经涌入、正在不断涌入的环境里，处于外来文化意义叠加形成的令人眼花缭乱的概念世界里。这些概念带着各自的文化背景，携带着现代化的多方面经验，中国作家还来不及分辨，抑或还没有形成分辨能力。同时，在急剧变化的现实生活面前，中国作家还没有建构起自己的意义世界。客观地说，中国作家的思考远远落后于生活实践，在急速变迁、发展的社会现实面前，感到陌生、无措，甚至失语，在作家代与代之间，沟通和交流变得艰难。另外，市场化客观上引导一部分作家放弃创造文学经典的努力，以追求利润为主要目的写作，不可避免地迎合大众的平庸趣味、甚至低级趣味，导致种种新的类型化文学的产生，比如官场、情场、职场文学，这种类型化文学，也是由多种概念贯穿始终，具有典型的概念化倾向。上述种种原因，影响了文学精神和文学理想的坚持，当然谈不上文学本体的良性建构。

文学是一项伟大的创造活动，来源于生活的作品，若不经过作家的精心创造，都难以高于生活；而来源于概念的文学，不管花费多少心思，都注定低于生活。这一点，需要中国文学反思。

原载《人民日报》2013年10月8日

# 后　记

收录到本书里的文字，写作时间的跨度，已经是30年。整理这些文字，也是整理自己30年的思绪，一边整理，一边惶惑，也禁不住一边自问，精神成长与线性时间并不成正比，走进了文学，但能走多远？

一般说来，写作者往往不愿意阅读自己多年之前写过的文字，阅读自己的文字，是与多年前的自己相遇。仿佛那些文字，仍然是没有批改过的作业，现在端到了时间这位宣判者面前。

人生是一个由叛逆开始，最后归于平静的过程。我们都曾年轻过，都当过纵火者，烧掉老房子，诀别过故乡，以为只要意志坚定，就会在外面的世界里，修造一个新世界。在这个过程里，丝毫不会顾及自己和老房子、故乡诸多隐形的精神关系。但是，事情总是不会那么简单，老房子和故乡所代表的方向，最终会成为招魂之所。这是一个寓言，对个人如此，对文学亦复如是。

命书名为《细弱游丝的传统》，表达了两层含义。一是文学，无论创作还是批评，无论是源于创新冲动还是源自利益驱动，一直在反复烧掉老房子，一次次诀别故乡，无视那里的感情和风景，以至于文学精神传统，已从静水深流变成涓涓细流，细若游丝。二是文学无法斩断与民族精神传统的内在联系，传统细若游丝，但坚韧如丝。因此，文学的困境即在于，没有到达新世界之前，已然忘却了故乡的模样。而文学的希望，也恰恰能够在传统与现代、故乡与他乡两个向度的顾盼中产生。

而关于传统，我认同余光中先生的判断，即中国文化有两个传统，大的传统不用说了，另一个是五四以来形成的小传统。1996年，我与余光中先生做了一次对话，命题为《在传统与现代之间》，清楚表达了其中含义。而在本书的一些篇什中，我写出了自己的担心，纵火者所烧掉的，是五四以来建设的小传统，刚刚百岁的新房子。

纵火者和不孝子，会魂无所依——30年里，这些文章的主题，越来越集中在这一点上，因此，我觉得自己越来越像个保守主义者。

感谢晓群，用那么温暖的文字，为本书写了序言，语调亦师亦兄。序言像一面镜子，我在那里看到了别样的自己，这让我多了惶恐，像喝多了一样，有些晕，我深知是那些期望和祝愿起了作用，度数不低。人年龄越大，越需要鼓励，晓群深谙此中奥义，显然。

作　者

2015年10月27日